SU CASTILLO

El Faro del Multimillonario 1

KIMBERLY JOHANSON

ÍNDICE

Prólogo	1
Su castillo	3
Capítulo 1	5
Capítulo 2	9
Capítulo 3	14
Capítulo 4	18
Capítulo 5	23
Capítulo 6	28
Capítulo 7	33
Capítulo 8	37
Capítulo 9	40
Su Misión	43
Capítulo 10	44
Capítulo 11	48
Capítulo 12	53
Capítulo 13	57
Capítulo 14	62
Capítulo 15	67
Capítulo 16	72
Capítulo 17	77
Su Venganza	83
Capítulo 18	84
Capítulo 19	88
Capítulo 20	93
Capítulo 21	97
Capítulo 22	101
Capítulo 23	105
Capítulo 24	109
Capítulo 25	113

©Copyright 2021

Por Kimberly Johanson

ISBN: 978-1-63970-010-3

TODOS LOS DERECHOS RESERVADOS.
Ninguna parte de esta publicación puede ser reproducida o transmitida en cualquier forma, electrónica o mecánica, incluyendo fotocopias, grabaciones o sistemas de almacenamiento o recuperación de información, en cualquier forma, electrónica o mecánica, sin el permiso expreso por escrito, fechado y firmado del autor. sistema de almacenamiento o recuperación sin el permiso expreso por escrito, fechado y firmado del autor

❀ Creado con Vellum

PRÓLOGO
ESPERANZA. QUÍMICA. CALOR.

Elizabeth Cook es una conservacionista que intenta salvar un faro en el lado norte de la ciudad de Chesapeake, Rhode Island.

Zane White es el multimillonario que acaba de comprar el inmueble que establece y planea derribar para construir condominios con vista al Océano Atlántico.

Elizabeth pasó mucho tiempo con su abuelo en el viejo faro y tiene muchos recuerdos del lugar que aprecia y visita a menudo para recordar viejos tiempos con el hombre que falleció.

Cuando se entera que el nuevo propietario lo va a derribar para construir condominios en la propiedad, descubre quién es y hace planes para visitar al hombre.

Al encontrarlo en su oficina de Nueva York, Elizabeth descubre que el hombre es el hombre más guapo que jamás haya visto.

Zane también la encuentra atractiva. Pero no está dispuesto a dejar que su atracción por ella afecte su sentido para los negocios.

La hermosa mujer no obtendrá lo que desea, suplicando y rogando, algo que nunca antes había tenido que hacer.

Para Zane todo es asunto de negocios cuando se trata de esa

parte de su vida y no está dispuesto a caer en ninguna de sus súplicas de dejar el faro como está. Elizabeth tendrá que superar su decepción, en su opinión.

Y con un poco de suerte la atrapará antes de que ella abandone Nueva York...

SU CASTILLO

Romance con el Multimillonario

Por Kimberly Johanson

CAPÍTULO 1

ELIZABETH

Las escaleras se sacuden un poco mientras mi abuelo sube despacio la escalera de caracol en el medio del viejo faro. Yo camino cerca detrás de él, un poco asustada de la oscuridad dentro del antiguo edificio.

Sus luces a cada paso hacían que extrañas sombras bailaran a través de las descoloridas paredes blancas.
"Mudaron esta cosa ayer, Elizabeth. Pensé que te gustaría ver el interior de uno de estos"

"Está un poco oscuro," dije. "En realidad, no puedo ver nada"

"Espera a que lleguemos arriba de todo y podamos mirar para abajo," dice mientras respira agitadamente con la subida que caminamos. "Así vas a ver cuán genial es este viejo edificio"

Mi abuelo ha encabezado el comité de conservación en nuestro pequeño pueblo en la Ciudad de Chesapeake, en Rhode Island, por tanto tiempo como puedo recordar. La ciudad está llena de edificios antiguos que el peticionó para ser nombrados lugares históricos.

Este faro está en el lado norte de la ciudad. No es un área conocida por sus sitios históricos como lo es el sur. Mi abuelo está a la espera de una dura batalla legal para convertir este faro en un monumento histórico y conseguir protección del gobierno para él.

"Habiendo trasladado el faro aquí, creo que entré en una pelea, Elizabeth. Podría ser una larga pelea y espero que tú la sigas cuando yo ya no pueda hacerlo." Mientras su abuelo se detiene un momento para recuperar el aliento pues ha comenzado a respirar con dificultad.

Mi abuelo siempre tuvo asma. Últimamente, se está poniendo peor y su color es más pálido de lo usual. Me tiene preocupada. Por primera vez en mi vida, pienso que debe estar muy viejo para pelear por las cosas que tanto ama.

"Estaré feliz de seguir con esto, Abue," digo mientras espero detrás de él.

Sus jadeos paran al momento en que el comienza a subir de nuevo. "¡Genial! Sabía que podría contar contigo para seguir mi trabajo,"

"Siempre puedes contar conmigo, Abue. Siempre," digo, mientras llegamos al último escalón de la cima y a una superficie plana.

El apunta la luz de la linterna hacia abajo e ilumina lo que parece ser una sala de estar. "Abajo hay una cocina y un comedor, una sala de estar, un dormitorio y un baño. Es una pequeña comodidad. Si este lugar fuera remodelado, sería un pintoresco sitio para una pareja. Probablemente para recién casados o una pareja mayor. Durante el día, la vista desde aquí arriba es asombrosa. No puedo esperar a mostrarte cuando el sol sale al amanecer"

Un par de bolsas de dormir están dispuestas en el suelo y la linterna está entre ellas. El abuelo las ilumina y apaga la linterna. "¿Ya habías hecho el recorrido hasta aquí mientras estaba en la escuela hoy, abue?" Le pregunto mientras me meto a la bolsa de dormir.

El asiente y descansa su gran cuerpo en su bolsa. "Sí, lo hice. Hay una cena para picnic en la cesta por allí. ¿Qué dices de tomar unos sándwiches de jamón y unas sodas para ambos?"

"Digo que sí, señor." Tomo la cesta, agarro lo que me pidió y le entrego un sándwich y una soda. "De uvas, ¿no Abue?"

Su sonrisa me da la respuesta. Sé que su soda favorita es la de uva. El abuelo y yo tenemos este tipo de fiestas todo el tiempo. Soy hija única y creo que siente lástima por mí. Él y mi abuela tuvieron 5 hijos y todos sus otros hijos, mis tíos y tías, tienen grandes familias. Creo que él siente que mis padres me dieron menos de lo que debían.

Una sirena fuerte suena y me hace saltar. Sacudo la cabeza mientras me siento en la cama. Es mi alarma. Todo era un sueño

Mi corazón late fuerte al momento que trato de volver a la realidad. El abuelo no está. Falleció hace un año. No entiendo por qué sigo teniendo estos sueños tan vívidos de cuando era pequeña.

Mirando por la ventana de mi segundo piso, veo el sol apareciendo por detrás del viejo faro que todavía está erguido al borde del agua, no muy lejos de mi apartamento.

El abuelo nunca pudo conseguir el lugar en el registro histórico. Desde que fue trasladado ahí por el dueño, no es considerado histórico.

Pero es histórico para mí. Mi abuelo y yo hemos pasado la noche tantas veces en el viejo edificio. Caminábamos a lo largo de la costa y buscábamos caracoles, luego los traíamos a casa cuando hacíamos nuestras visitas. Casi una vez al mes. Hasta que me fui a la universidad.

No fue un mes después que me gradué con mi diploma en Historia, que mi abuelo falleció, acompañando a mi abuela en el Cielo. Ella nos dejó dos años antes que él. No pasa un día que no los extrañe.

Con mi sueño, creo que mi abuelo está tratando de decirme que haga una visita al viejo lugar. No estuve allí desde el año pasado. Suena como una buena idea para la tarde de un domingo, volver a entrar y tener un buen recuerdo de cuando los días eran simples y el abuelo y yo éramos los mejores amigos.

No habremos podido proteger el faro de la manera que queríamos, pero hasta ahora el dueño la ha dejado tal cual es. Y, por suerte, nunca hubo una advertencia de "No Pasar" en la propiedad.

Afortunadamente no hay mucho vandalismo en nuestro pueblo para necesitarlas en la mayoría de las propiedades. Lo cual es muy bueno para personas como yo, a quienes les gusta pasar el tiempo en edificios viejos y traer de vuelta viejos recuerdos.

CAPÍTULO 2

Zane

"Lo quiero cerrado y vallado hoy, Troy. No quiero esperar al lunes. Planeo vender esa cosa y no lo quiero más dañado de lo que ya está. Carajo, tendría que derribar esa cosa vieja pero hasta que no vaya y la vea con mis propios ojos tomare una decisión, la quiero asegurada. Los vándalos la pueden destruir en poco tiempo," digo, mientras miro por la ventana de mi Penthouse en el Plaza Hotel de la Ciudad de Nueva York el atardecer.

"Pero, jefe, es domingo. No creo que pueda juntar a mis hombres para hacerlo hoy," se queja.

"No te pago para que te quejes, Troy. Supongo que si tienes que mover el culo hasta allá y hacerlo, entonces es lo que vas a hacer. No es como si no ganaras lo suficiente para hacerlo. Y puedes usar mi jet privado si es lo que necesitas. Llévate a tu esposa. Aprovecha el día. Se supone que es precioso en ese pintoresco pueblo de Rhode Island." Con mi dedo en la mesa, le indico a la criada que ubique mi desayuno en ella, en vez de dar vueltas esperando a que termine de hablar por teléfono.

"Es la Bahía Chesapeake, ¿no?" pregunta y escucho a su esposa chillar en el fondo. Ella está emocionada, así que él debería dejar de intentar salirse de lo que necesito que haga por mí.

"Sí, lo es." Tomo la taza de café caliente, soplo la superficie, haciendo que el vapor vaya hacia arriba. "El faro en la propiedad debe ser un pedazo de mierda pero no tengo certeza. De cualquier manera, vamos a quitarlo de la propiedad. Voy a construir unos lujosos condominios allí. Con la compra realizada, quiero la propiedad segura. El dueño anterior la dejaba abierta. No tengo idea cuán malas son las condiciones en las que esta propiedad está, pero no importa. Las excavadoras arreglaran cualquier condición bastante rápido."

"Okay, jefe. Me pondré a trabajar en eso. Le aviso cuando lo tenga listo. ¿Quiere que le mande fotografías?"

"No, iré allí pronto. Sólo ciérrala para mí," digo cuando termino la llamada.

Tomando un pedazo de pan y untándolo con queso crema, coloco una capa de salmón ahumado y le doy una mordida justo cuando alguien toca a mi puerta. La criada se apresura a contestar y yo levanto mi mano, indicándole con mi dedo que se acerque primero.

Lo hace y yo susurro, "Si es la Señorita Saunders, dile que no estoy aquí."

Asiente, indicándome que entendió; se aleja y cuando abre la puerta, escucho la voz estridente de la mujer que me preocupaba que viniera esta mañana.

Cometí un grave error la noche anterior. Me temo que fue el licor.

"¿Dónde está Zane?" pregunta "Debo verlo"

"No se encuentra en casa en este momento. Me aseguraré de decirle que ha pasado por aquí, Señorita Saunders"

Cuidadosamente, me muevo del comedor, en caso de que Meagan se las arregle para meter su cabeza lo suficiente para echar un vistazo, escondiéndome dentro de la bodega de la cocina. Me sentí un idiota, pero verla no es algo que pueda manejar en este momento.

Todavía no sé cómo decirle que fue un error cuando estaba borracho, que no volverá a suceder jamás.

"Déjeme pasar para esperarlo" Meagan apresura a mi anciana criada. "Él y yo tenemos algo ahora. Él esperaría que me deje pasar para esperarlo."

"Lo siento, señorita," dice Lois, disculpándose. "No puedo dejarla entrar sin que él me lo permita"

Se escucha un fuerte resoplido, sin duda por parte de Meagan. "Dígale que me llame apenas llegue. Traté de llamarlo y me dirige directamente al correo de voz por razones que no puedo imaginarme. Él y yo pasamos una noche muy íntima y sé que me quiere ver hoy"

"Claro que sí, señorita," dice mi criada. "Estoy segura que su teléfono se habrá quedado sin batería. Me aseguraré de decirle que estuvo aquí y que quiere hablar con él, Señorita Saunders"

"Veo que lo harás," dice Meagan con un tono brusco en su voz chillona. "Estaré en el café de la esquina. Dígale que me encuentre allí."

"Lo haré, Señorita Saunders." El sonido de la puerta cerrándose me alerta que ya puedo salir de mi escondite, y cuando me paro en la puerta de la bodega, me encuentro con un par de ojos celestes decepcionados. "¿Enserio, Señor White? ¿Esa mujer?"

"Lo sé, Lois. Por Dios, sí que lo sé. Bebí demasiado y ella se abalanzó sobre mí cuando menos lo esperaba. No tengo idea cómo voy a sacármela de encima." Vuelvo al comedor, me siento a terminar el desayuno y, de repente, ya no tengo hambre.

"¿Cuánto tiempo ha sido?" me pregunta Lois, mientras

toma el plumero de su delantal blanco y comienza a limpiar los muebles. Las livianas partículas se esparcen por el aire y se posan sobre su vestido negro.

"Ha estado detrás de mí por años. No llevo la cuenta," digo, tomando un poco de mi café. "Su posición de jueza en esta ciudad hace que sea un contacto necesario para mí. Hace que el proceso de desalojo inmobiliario para las rentas de mi compañía se realice en un tiempo razonable"

"Dinero" dice Lois mientras mueve una lámpara Tiffany para limpiar su lugar. "Las raíces de todo lo malo"

Sus cortos, blancos y bien peinados rizos se mueven un poco cuando salta para alcanzar la parte de arriba de la lámpara y limpiarla. Me levanto y pongo mi mano para el plumero. La mujer es muy baja y odio tener que verla tratar de sacar hasta la capa más fina de polvo de la lámpara.

"Para esto es que tienes una herramienta para pararte que te compre con un poco de ese dinero del que hablas. El mismo dinero que paga tu sueldo. Un buen sueldo, en realidad." Le entrego el plumero después de liberar la costosa lámpara del polvo que había acumulado desde la limpieza de ayer.

Sus palabras asienten, "Sólo estoy diciendo que no tiene que hacer a la jueza su compañera de cama para conseguir justicia, Señor White. Hay más de un juez en esta ciudad. Maegan Saunders no es la única, ¿sabe? Y es una mujer bastante agresiva. Sin duda, ha metido la pata esta vez."

"Ya sé lo que haré. Lo sé. Creo que un viaje fuera de la ciudad podría ser algo que la haga olvidarse de mí," digo, tomando mi teléfono para buscar algún destino exótico para esconderme de ella.

"Dudo que eso funcione. Ella lo ha estado esperando por un tiempo. Y ahora que le ha dado de probar. Bueno, dudo que sea fácil deshacerse de ella. Es como un mal olor, ¿sabe?"

Con un gemido, me acerco y caigo en el lujoso y costoso sofá de cuero en la sala de estar, con mis brazos cubriendo mis ojos "¿Qué voy a hacer con ella, Lois?"

"Si ya estuviera casado, ella nunca podría haberlo tenido, en primer lugar. ¿En cuánto tiempo planea encontrar una esposa? Por Dios, ya tiene treinta y cinco años. La mayoría de los hombres ya tienen familias enteras a su edad."

"La mayoría de los hombres no tienen un trabajo tan demandante como el mío. No es fácil acumular la riqueza que tengo, Lois. Requiere mucho tiempo, energía y atención. Las mujeres también requieren eso. No tengo suficiente para ambos."

"Lástima," dice mientras el plumero desplaza más partículas al aire que flotan pasando por su nariz, y haciéndola estornudar.

"Salud. Y sí, es una lástima. Pero no sé qué puedo hacer al respecto."

CAPÍTULO 3

ELIZABETH

Con las tareas de domingo fuera de mi camino, camino por la calle para visitar el viejo faro. Mi abuelo ha estado en mi mente todo el día. La lista de cosas que necesitaba hacer hoy, mi único día para poder hacerlas, creció. Lavar la ropa, comprar comida, lavar mi auto, aspirar, trapear, limpiar. Me tomó casi todo el día y la llegada de la tarde me sorprende.

El aire de verano es agradable y hay una suave brisa que viene de la bahía mientras camino para hacer, lo que ahora será, una rápida visita al lugar donde mi abuelo y yo solíamos pasar el tiempo. El sonido de los martillos golpeando a la distancia me da curiosidad, mirando alrededor para ver qué están haciendo.

El sonido se hace más fuerte al momento en que avanzo y veo una camioneta estacionada al borde del pequeño y sucio camino que lleva al faro. Una mujer está sentada en el asiento del acompañante de la camioneta con la puerta abierta.

"Hola," le digo al acercarme

Se da vuelta y me sonríe "Oh, hola."

Mirando hacia el faro, veo que hay una tabla cubriendo la puerta y me dan escalofríos en el cuerpo. Un hombre sale detrás de ella y viene hacia nosotras con un martillo en su mano.

"¿Qué está pasando aquí?" le pregunto a la mujer, confundida.

"Este sitio fue comprado por el jefe de mi esposo. Pronto tendrán nuevos y lujosos condominios" Sale de la camioneta y me extiende su mano. "Soy Sandy."

Le doy la mano. "Soy Elizabeth. Entonces, ¿el faro ha sido vendido? No tenía idea que estuviera a la venta"

"Bueno, no sé qué decirte. Creo que lo estaba. El jefe de mi esposo, Zane White, lo adquirió hace poco. Le dijo a mi esposo que venga hasta aquí y lo cierre, cercándolo para mantener a las personas alejadas."

Mi corazón deja de latir y miro el viejo lugar, cuyo interior no volveré a ver. ¡Jamás!

"Esto es terrible," murmuro

"¿Por qué?" me pregunta Sandy. "Es sólo un viejo y deteriorado edificio. La propiedad lucirá fantástica en poco tiempo. Ya verás."

"Este lugar tiene muchos recuerdos para mí. Mi abuelo y yo solíamos pasar noches enteras en la plataforma de observación. Mirábamos los amaneceres y algunos atardeceres también. Buscábamos caracoles en la costa y los llevábamos a casa." Miro al hombre que recién terminaba de cerrar el lugar y me encuentro casi llorando.

"Hola por acá," dice en un tono amigable. "Troy Sandoval de la compañía Sandstone. ¿Qué se siente saber que tendrá un nuevo y lujoso complejo de condominios aquí, en su pequeño pueblo, señorita?"

"Se siente como si no quisiera verlo. Siento que prefiero mantener el faro aquí antes que esa terrible idea" tartamudeo. "He tratado en muchas ocasiones conseguir que esta propiedad fuera declarada histórica, pero no lo he conseguido todavía. Este lugar es muy especial para mí."

"Oh," dice y sus ojos verdes caen con lentitud hacia abajo. "Siento oír eso. Pero el faro puede ser vendido y trasladado hacia otro lugar. Si el dueño lo decide, en vez de demolerlo."

"¿Demolerlo?" estoy llorando. "¿Podría demolerlo en vez de mantenerlo intacto y venderlo? ¡Eso es terrible!"

El hombre parece anonadado y da la vuelta a la camioneta. "Lo siento, señorita. El vallado se hará mañana." Toma algo de la parte de atrás de la camioneta y veo que es un cartel en un palo de madera. Un cartel de no pasar.

Lo miro tomar el martillo y clavarlo en el suelo. "¿No puedo ir a mirar más?"

Sacude su cabeza. "No. Órdenes del jefe. Lo siento, señorita"

Me doy vuelta y empiezo a caminar, un poco aturdida. El faro está fuera de mis límites. Fue tomado así de rápido. No tengo idea qué hacer para parar esto.

Hice circular numerosas peticiones, con mi abuelo, para conseguir que el lugar fuera protegido y no he tenido suficientes firmas hasta ahora. No sé cómo eso ayudará esta vez.

Mi cabeza se siente liviana al caminar de vuelta a casa. La camioneta pasa a mi lado, mientras deja el lugar que pensaba que era nuestro pequeño espacio personal. El lugar donde pasaríamos el tiempo y hablaríamos de nuestros días y planes para el futuro.

El lugar donde el abuelo y yo podíamos sólo juntarnos y disfrutar de la compañía del otro. Y nos lo van a quitar. Llevado por el viento.

¡No es justo!

No es una cosa que pueda permitir que pase. Quizás podría encadenarme al edificio. Quizás debería volver a allí con mi propio martillo y sacar la madera de la puerta, ir adentro y ocupar el faro para parar su destrucción.

O puede ser que el dueño decida venderlo. Puede ser que consiga que el pueblo lo compre y lo ubique en algún parque o algo así. Pero no será lo mismo que en el lugar donde está ahora. En la bahía puedes mirar la vista y observar los pájaros volando alrededor.

Una vez, vimos una tormenta aproximarse. Estaba asustada y el abuelo me mostró cómo una tormenta era algo necesario para nuestro ecosistema. El relámpago que tapaba el cielo y me hacía saltar tuvo explicación, ya que el abuelo me dijo que traía nutrientes al suelo que ayudaban a las cosas a crecer más gruesas, altas y fuertes.

Cada día de la semana siguiente, volveríamos al faro y el me señalaría el nuevo crecimiento que la lluvia y los relámpagos habían provocado en el área alrededor del faro.

Recuerdo estar asombrada que algo que parecía tan destructivo, en realidad, no lo era. El viento volaba basura, restos, y hojas viejas, dejando el área limpia. La lluvia limpiaba el excremento de los pájaros que se había acumulado a lo largo de la costa, donde los pájaros se pararían a esperar que las pequeñas cosas se acercaran al borde del agua, para tomarlas y comerlas.

Todo esto era sorprendente para mí y me hizo tener un nuevo respeto y comprensión por la naturaleza. Todo, porque tenía la posibilidad de sentarme en lo alto del faro y mirar a través de las ventanas que rodeaban la plataforma de observación, contemplando cómo todo pasaba.

Ahora, jamás podré hacerlo de nuevo. Nunca podré llevar a mis hijos, si alguna vez los tengo, allí, para que ellos puedan presenciar las cosas que yo sí pude. Nunca podré llevar a pasear a mi perro, si alguna vez tengo uno, por la escalera de caracol para hacer el tan necesario ejercicio. ¡Nada de eso!

Y todo porque un idiota quiere derribar una pieza de historia para poner unos malditos condominios, de los que ya hay demasiados.

No sé si pueda sentarme y sólo aceptarlo.

CAPÍTULO 4

ZANE

"¿Qué quieres decir con que se niega a irse?" le pregunto a mi secretaria, quien me ha llamado para informarme que una mujer de la bahía de Chesapeake, Rhode Island, está en nuestra oficina y se niega a irse hasta que hable conmigo, personalmente.

"Le dije que usted sólo se reunía con las personas que tuvieran una cita, pero ella me dijo que quería hablar con usted y que sólo le tomaría uno o dos minutos de su precioso tiempo," me dice Lane.

"¿Enserio usó la palabra "precioso"?" le pregunto al bajar a la acera que va hacia mi edificio, en el cual nuestras oficinas están ubicadas.

"Sí, señor"

"Hmm," Me pregunto quién se cree esta chica que es. "¿Te dio alguna idea de qué es lo que quiere?"

"Está murmurando bastante sobre un faro, mientras va y viene en frente de la puerta de su oficina."

"Debe ser el faro en la propiedad que compré la semana

pasada. ¿Qué carajo le interesa sobre él?" preguntó al girar a la derecha hacia la acera que lleva a la entrada, así que tomo el elevador privado que va directo a mi oficina. De esa manera no tengo que cruzarme con esa mujer que planea molestarme con cosas mundanas, como edificios antiguos que no le pertenecen.

"Sí, ese faro, Señor White. No creo que tenga ningún otro faro, señor."

Girando mi cabeza a los lados por las cortantes palabras de mi secretaria, elijo ignorarla. La mujer dando vueltas en la recepción debe estar poniéndola nerviosa, ya que nunca me habló de esa manera.

"Estoy subiendo, pero no se lo digas," comento, y saco mi llave para entrar a mi elevador. "¿Cómo se llama esta broma?"

"Elizabeth Cook." La voz de Lane sale como un susurro. "Y ella es bastante insistente, puedo decirle. Tiene una mirada muy determinada en sus ojos, señor"

"Pocas personas son tan determinadas como yo. Dime, ¿de qué color es su cabello?"

"Rubio."

"¿Claro u oscuro?" pregunto y miro de reojo que apenas he llegado al quinto piso. Voy a necesitar que mantenimiento revise este elevador. Está muy lento.

"Un color oscuro, como dorado, casi llegando al marrón," dice.

"¿Corto, largo?" pregunto.

"Largo, pasando sus hombros" me contesta.

"Linda, fea, gorda, baja, alta, cuéntame de ella." Miro el elevador, cada vez más lento y tengo la sensación que mi viaje en él no me llevará hacia arriba.

"Para ser honesta, debo decir que es muy bonita, señor. Es linda, ojos verde oscuro, alta pero no tanto, sabe. Curvilínea, no flaca. Una belleza de mujer, pero déjeme decirle que tiene una mirada en su rostro que es bastante seria. No sé exactamente lo que quiere, ya que sólo dijo que se lo diría a usted, pero prepárese para darle lo que quiere."

"Los dos sabemos que cuando a negocios se refiere, no doy el brazo a torcer." El elevador se detiene completamente y, por suerte, estoy en el piso once, sin paradas intermedias. "Llama a mantenimiento y haz que vean qué mierda le pasa a mi elevador personal. Me cagó. Ahora voy a tener que ir por el frente. No me saludes con mi nombre cuando entre. Llámame con un nombre distinto y mándame a la oficina. Actúa como si estuviera ahí con una cita, en vez de ser yo."

Sonrío mientras camino fuera del elevador pensando rápido. Puedo evitar esto por una eternidad si quisiera. Para qué molestarme con conversar con ella. No voy a darle nada de lo que pretenda de mí, de todos modos.

Me subo a otro elevador, termino la llamada y guardo el teléfono en el bolsillo de mi traje. Es un nuevo Saint Laurent de lana virgen, edición en negro y bastante costoso, pero ella nunca lo sabrá si es de Rhode Island. Dos y dos no podrán ser sumados por esa pobre chica.

Un temblor en mis emociones, que casi nunca tengo, corre por mi cuerpo cuando las puertas del elevador se abren al piso superior. Miedo. Por un momento, me pregunto si el sabueso, Meagan Saunders, anda al acecho.

Me las arreglé bastante bien para evadirla de manera efectiva desde mi gran error. Tuve que realizar una llamada. Le dije que quería disculparme por todo. Nunca quise usarla y nunca volverá a pasar nada.

Ella respondió que sí volvería a pasar y que tenía que entender que ella era más que algo de una noche. Ella quiere que sea el padre de sus hijos, el yin de su yang, el novio para ella.

¡Esa mujer es un libro abierto!

La cantidad de personas en el elevador me hacen imposible salir con cuidado y mirar a mis alrededores. Meagan es delgada y podría estar escondida detrás de los muebles más pequeños.

Una pequeña rama de árbol se mueve en una de las macetas cerca de la puerta de la oficina, Dudo un poco pero lo que la ha movido solo ha sido un hombre pasando por ahí. Miro hacia atrás, cierro la puerta detrás de mí cuando Lane dice, "Buenas Tardes, Señor Dungareepore. Puede dirigirse a la oficina del Señor White. Lo está esperando."

Se dibuja una sonrisa en mis labios al escuchar su gran nombre inventado. Asiento con la cabeza y escucho a otra mujer decir, "Creí que había dicho que no estaba aquí." Una mano toca mi brazo y quedo petrificado. "Por favor, Señor Dunga, Señor Dung. Oh, por Dios. Cuál es su nombre de nuevo, señor? Lo siento, no escuché todo cuando ella lo dijo."

Sin mirarla mientras escucho su suave, dulce, asombrosa y sensual voz, sin que ella se dé cuenta, miro a Lane y con ojos que dicen "Tampoco puedo recordar entero el ridículo nombre que me inventaste."

"Es el Señor Dungareepoop. Pore." El rostro de Lane se vuelve rojo. "Dungareepore. Y no puede molestarlo, señorita. Tiene negocios importantes que atender." Lane se levanta y se aproxima a separar la mano de la curiosa mujer de mi brazo.

"Por favor, señor, por favor," me suplica mientras me sujeta más fuerte. "Sólo necesito un minuto con él. Sólo le pido. Por favor."

Trato de no mirar a la mujer que me suplica y sostiene mi brazo, transmitiéndome sentimientos increíbles por todo mi cuerpo con su tacto y el sonido dulce de su voz. Algo se apodera de mí y no puedo hacer nada por evitarlo. Me volteo y la miro.

Tiene una altura agradable, quizá un metro setenta o setenta y cinco. Su cabeza me llega a mi mentón. Sus ojos verde oscuro son amables y están enmarcados con no muy maquilladas pestañas. Sus labios tienen rastros de rosa y su labio inferior es grueso. Sus mejillas son marcadas y de color rosado. Su cabello cae alrededor de su rostro, enmarcándolo con toques dorados.

"Hola," digo como un tonto

"Hola, señor." Suelta mi brazo y da un paso hacia atrás, haciendo que su vestido azul, a la altura de sus rodillas, se mueva de manera fluida alrededor de sus pantorrillas. Con su mano extendida, se presenta. "Soy Elizabeth Cook. Soy de la Bahía de Chesapeake, Rhode Island y realmente necesito hablar con el señor White. Si pudiera robarle sólo unos minutos de su reunión, no tiene idea lo agradecida que estaría."

¡Mierda! ¿Ahora qué hago?

CAPÍTULO 5

ELIZABETH

El hombre en frente de mí es el más apuesto que vi en la vida real. Es alto, con hombros fornidos y lleva puesto un traje precioso que se siente hecho de una tela que jamás había sentido.

Sus ojos son una mezcla de verdes y marrones, un color avellana que nunca antes había visto. Su sonrisa es atractiva. No muy suave, no muy dura, sólo atractiva, realmente atractiva.

¡Lástima que su apellido es tan complicado!

"¿Qué dice, Señor Dungapoo?" pregunto

"White" me responde.

Confundida ante su respuesta, frunzo el ceño y pregunto, "¿Cómo dice?"

La secretaria, que estaba tirando de mí, se detiene y vuelve a su asiento detrás del enorme escritorio de la recepción. "Lo sabía" susurra.

El apuesto hombre toma la mano que le ofrecí y la gira.

Acerca a sus labios de color caramelo, observo como ellos tocan mi mano y mis rodillas se vuelven débiles.

Su otra mano se mueve a través de su oscuro cabello, que es lo suficientemente largo para perder tus dedos en él cuando lo tocas. Parece suave como la seda y juro que debe oler genial.

"Estaba tratando de evitarla, Señorita Cook. Soy Zane White. El hombre que estaba buscando." Su voz es profunda y suena natural, como satinada, cuando habla.

"El hombre que estaba buscando," repito.

¡Y tal vez él es ese hombre!

Con mis rodillas débiles, mi tobillo derecho se tuerce un poco y el tacón me hace caer. Pero su fuerte brazo estaba ahí para detenerme. "¡Oops!" dice riendo. Su brazo va alrededor de mi cintura para sostenerme y dirige su mirada atrás de su hombro hacia la secretaria. "Retén mis llamadas, podrás, Lane"

"Claro que sí, señor," dice mientras baja sus anteojos y lo mira por arriba, sacudiendo su cabeza.

Huele de manera tan costosa que debería cobrar para que una mujer respire su esencia. No puedo si quiera explicar el olor, ya que huele como nada de lo que hubiera olido antes. La mejor manera de describirlo es dinero. Mucho, mucho dinero. Porque eso es lo que se necesita para lograr la perfecta mezcla de pecado, placer y fantasía en un solo aroma.

El sonido de un beep me hace mirar hacia arriba, al estar mirando mis pies. Ellos se sienten flotando, pero damos un paso a la vez. Mis pies en mis zapatos negros de tacón, caminan junto a sus pies, en sus zapatos negros lujosos. Sólo el caminar junto a él me hace sentir tan pobre como un ratón. Sólo su atuendo debe costar más que el auto que conduzco.

Al abrir la puerta de su oficina, su mano se mueve a mi espalda baja. "Lamento mucho cómo todo esto empezó. Estuve con algunos asuntos últimamente. Por favor, acepte mis disculpas, Señorita Cook."

Su mano se queda en mí mientras nos movemos por la

alfombra negra. Su oficina es una mezcla de negro, marrón oscuro con tintes rojos aquí y allí. Masculino al máximo.

"Con la compañía llamada Sandstone, creí que su oficina sería de colores más neutros. Creo que estaba equivocada," digo, con su mano todavía en mi espalda, hasta que me siento en la suave silla negra, acolchada en la espalda y el asiento.

"Me gustan los colores oscuros. Sandstone viene de la piedra que tallé para la lápida de mi padre." Se mueve alrededor de mí para terminar en el frente de su oscuro escritorio de madera, que no tiene nada sobre él.

"¿Lápida?" le pregunto, ya que no tengo la más mínima idea de lo que está hablando.

"Murió cuando tenía diecinueve. Tenía cáncer." Sus ojos se quedaron mirando los míos, sin mostrar ningún rastro de dolor, lo que me impresiona pues está hablando de su padre fallecido.

"Lo siento mucho," le digo. "Realmente no quería traer algo tan doloroso a la conversación."

El sacude un poco su cabeza y desabrocha dos botones de la chaqueta de su traje negro y se inclina hacia atrás, usando sus manos para sostenerse. Puedo ver los músculos de sus abdominales apretados bajo su camisa blanca y abotonada. Mi boca se humedece, como otras partes de mi anatomía.

"Eso fue hace mucho tiempo. No hay razones para disculparse." Se vuelve a acomodar para estirar sus largas piernas, que se estiran mientras sus muslos se marcan en la tela de sus pantalones, sin darle respiro.

Trago fuerte mientras veo que se doblan un poco. "¿Hace ejercicio?"

Se le dibuja una sonrisa radiante. "Sí. ¿Usted?"

Sacudo mi cabeza. "No, señor. Quiero decir, camino mucho. Todo el tiempo, en realidad. Pero detesto el ejercicio. Me parece aburrido. Muy repetitivo, ¿Sabe? Prefiero caminar y disfrutar de las vistas, antes que ir a un gimnasio"

"Rhode Island le ofrece pasar mucho tiempo afuera, ¿no?

Parece estar muy fresca. Sutilmente acariciada por el sol." Me dice, recorriéndome con sus ojos.

Me siento bastante extraña con esta mirada en mí e intento recordar por qué carajo estoy aquí. Aquí, con este hombre hermoso que me mira con una expresión que no recuerdo que ningún otro hombre me haya mirado.

"El faro de la propiedad que compró. Es especial para mí." Suelto impulsivamente como una persona que no sabe hablar con la gente o algo por el estilo. Podría, tranquilamente, ser Frankenstein con toda la diplomacia que usé para hablar.

"¿Cómo es eso?" me pregunta, cruzando sus brazos frente a su ancho pecho. Hace que se le marquen los bíceps y el calor que viene subiendo en mí va dos grados más arriba. ¡Cinco más y voy a arder de manera espontánea!

"Mi abuelo me llevaba allí cuando era pequeña. Vi una tormenta una vez desde allí." Me obligo a parar, las palabras están saliendo de manera agitada y no puedo pensar claro mientras me mira de esa manera, con ese aroma tan intenso y luciendo tan atractivo que debería ser ilegal. "¿Cómo mierda se hizo tan rico?"

¡Mierda!

Se mueve como un gato. Se inclina hacia adelante y cuando su mano toca mi mentón, me dan escalofríos. "Trabajo muy duro, Señorita Cook."

Duro. Esa es la palabra que usaría para describir a este hombre. Estoy segura que todo lo que hace, lo hace muy duro. Y ahora estoy sudando. Tres, dos, uno. ¿Ya estoy en llamas?

"Estoy segura que sí. Yo también, Señor White. Ya ve, mi abuelo y yo hemos tratado por años de conseguir protección de la sociedad histórica de nuestro pueblo para ese faro. Pero nunca lo conseguimos. Y estaba bien, hasta que usted compró la propiedad y ahora no está bien que se deshaga de todos los recuerdos que mi abuelo creo allí para mí"

Sus dedos sueltan mi mentón y ¡juro que quema! Se mueve hacia atrás y me da la espalda al levantarse y sentarse en su enorme y oscura silla de cuero con un alto respaldo. Se sienta y cruza sus largos, muy gruesos dedos al mirarme con esos marrones, verdosos ojos que se han puesto oscuros. "Usted entiende la naturaleza de los negocios, ¿No, Señorita Cook?"

"La entiendo," digo, inquieta en mi silla. "Pero usted entiende la naturaleza de los recuerdos y el amor, ¿No, señor White?"

Gira su cabeza a la izquierda y murmura, "La naturaleza del amor no es algo de lo que yo sepa mucho. Mi padre era mi única familia y dejó este mundo en lo que se siente como otra vida, dejándome solo." Sus ojos se transforman en oscuros como la noche al mirarme de vuelta. "Todo lo que conozco es la naturaleza de los negocios. Y los negocios dictan que el faro se tiene que ir. De una u otra manera, se tiene que ir, señorita Cook"

¿Bueno, ahora qué mierda hago?

CAPÍTULO 6

Zane

Su boca se entreabre mientras me mira de frente, me mira pasar y vuelve a mirarme de frente. Ahora hay un destello en sus ojos verdes y los entrecierra un poco mientras dice, "¿Vendería el faro a la ciudad, o mejor, lo donaría? Quiero decir, ¿si pagaría para demolerlo entonces por qué no darlo?"

"¿Por qué la ciudad lo querría?" le pregunto mientras me apoyo en el respaldo de mi silla y miro sus dedos entrelazados. Es completamente adorable tratando de parecer una mujer de negocios, pero no se da cuenta que el sol que pasa por la ventana a mis espaldas hace que su largo cabello dorado brille. Es fascinante.

"Porque es un faro," su mirada se desvía hacia la derecha. "¿Quién no lo querría?"

"¿Tiene alguna idea de cuánto cuesta mover edificios, Señorita Cook?" pregunto y me encuentro esforzándome para para ver más de sus piernas a medida que las cruza, haciendo que su vestido se levante un poco más.

Sus pantorrillas son la perfecta proporción entre delgadas y gruesas. Su piel es de un color crema, como un café con leche muy suave. Me pregunto cómo sabe.

"Tiene muchísimo dinero, Señor White." Se pasa la lengua por sus labios por alguna razón y mis ojos rápidamente se van a hacia ella, para ver su pequeña y colorada lengua moverse sobre esos exquisitos labios rosas. "No debería haber problema para ti el que lo muevan. Le daría una mano a la comunidad y lo ayudaría a vender esos condominios que va a construir."

"No necesito dar una mano o ningún tipo de ayuda para vender esos condominios. El hecho es que tengo bastantes que serán ocupados inmediatamente después de ser terminados. Así que no me gusta esta idea de gastar más dinero en mover ese viejo y decrépito faro." Me inclino hacia delante, con mis brazos sobre mi escritorio. "¿Hablo a la ciudad sobre esto que me está pidiendo, Señorita Cook?"

Ella sacude su cabeza. Observo uno de sus mechones de cabello dorado ir hacia un costado y hacia otro sobre uno de sus firmes pechos. "No. La verdad es que no tengo idea si ellos lo querrían. Ya ve, esto es sobre mí y mis recuerdos. Mi abuelo falleció el año pasado. Ese lugar es importante para mí. Tiene muchísimos recuerdos y." Para y mira alrededor antes de continuar, "Lo necesito, Señor White, quiero tener la posibilidad de mirar afuera de mi ventana cada mañana y verlo. Es todo lo que tengo. ¿No puede construir sus condominios en otro lugar?"

Su sentimentalismo es muy dulce. "Esto es puramente negocios. No dejo que cosas como sentimientos se interpongan en el camino de tomar decisiones prácticas. Sería pobre como un ratón si mis decisiones de negocios se tomaran de esa manera. Seguramente me comprende, Señorita Cook."

Se levanta de su silla y comienza a ir y venir en frente de mi escritorio, mientras aprieta sus manos delante de ella. "Los negocios son negocios, comprendo." Para y me mira con una arruga en su perfecta frente, que no la tendría de otro modo. Asumo que está muy consternada. "Pero tiene más dinero que muchos o no le estaría pidiendo esto. Por favor, sólo piense en dejar el faro donde está y construir sus condominios en otro lado."

"No," le digo y me siento un poco mal al hacerlo. Pero sólo un poco. No mezclo negocios con emociones. ¡Nunca!

"¿No? "Pregunta con el ceño fruncido. "¿Sólo, no? ¿Ni siquiera un "déjame pensarlo"? ¿Un "dame un tiempo y veremos"? ¿Sólo un simple no?"

Asiento con la cabeza, respondiéndole, "No, sólo una simple palabra que le deja saber que no voy a hacer lo que me está pidiendo."

Con sus manos firmes en mi escritorio, se inclina sobre ellas y sus ojos brillan con lágrimas que no derrama. "Por favor, Señor White. Nunca he suplicado por nada pero le suplico a usted que por lo menos considere dejar el faro donde está y construir en otro lugar. Por favor, señor."

"¿Nunca suplicó por nada?" le pregunto y veo que no está acostumbrada a pedir por nada más de una vez, obviamente.

Es preciosa. Asumo que siempre consigue lo que quiere. Qué triste que deba ser el primero en cortar la racha de obtener todo lo que quiere. Pero alguien debe hacerlo. El que pise uno de sus sueños. Me pregunto cuántos sueños habrá tenido que pasaron desapercibidos.

"Nunca antes he querido nada tanto como esto. Si supiera como mi corazón duele al pensar que nunca podré volver al interior de ese lugar, usted tendría más compasión por mí." Una de sus manos se mueve a la altura de su corazón e involuntariamente, presiona su pecho con la tela azul de su vestido, apretándolo fuerte.

Me pregunto cómo sabrán esos pechos en mi boca.

"Usted dice que nunca ha querido tanto algo como este edificio. Y usted realmente quiere que el edificio se quede dónde está. No quiere moverlo a ningún parque. Quiere las cosas exactamente del mismo modo que siempre las ha conocido. Pero eso no puede pasar. Las cosas cambian. La vida sigue. La ausencia del faro no es una maldita cosa que deba significar tanto para usted."

"Pero lo es," dice y mueve su mano de su corazón a un costado. "Sí que lo es."

"Entonces usted necesita conseguirse una vida, mi querida jovencita. Porque la mayoría de la gente no pondría tanta energía en un objeto material. Usted sabe que alguna forma de la naturaleza podría venir y derribar ese edificio, ¿no? No soy la única amenaza a su existencia. Pero soy al único al que le está rogando." Toco el escritorio mientras miro como su mente trabaja.

Le ofrezco puntos válidos y trata desesperadamente de desmerecerlos. Está en mi contra. Aunque soy un maestro en esto. Está tan fuera de su alcance.

"Supongo que si la naturaleza lo llevara, estaría bien. Lo extrañaría pero sería un acto de Dios y no hay que dudar del hombre de ahí arriba," dice, ubicando su mano en sus labios y poniendo su dedo índice cerca de ellos, mordiendo su corta uña.

Me río y me levanto, dirigiéndome hacia ella. Tomo su mano, así no puede comerse la uña, ya corta. La traigo hasta mi boca donde vuelvo a besarla. "No hay razón para morder sus uñas por algo tan trivial como un edificio viejo. Cuénteme, Señorita Cook, ¿hay algún hombre en su vida en este momento?"

Sacude la cabeza, y puedo sentir que no está respirando, ya que estoy tan cerca que veo que está nerviosa. Entonces suelto su mano y doy un paso atrás, noto que exhala y dice "No. ¿A caso eso importa?"

Vuelvo atrás de mi escritorio, y me siento, invitándola para que ella haga lo mismo. Lo hace y le sonrío. "Sólo que creo que si tuviera un novio o un esposo, no estaría aquí en este momento. Venir todo el camino a Nueva York, sólo para molestarme por esto."

"¿Molestarlo?" grita dando un salto de la silla. Toma su

bolso, saca una tarjeta y la tira sobre mi escritorio. "Aquí está mi número. Si decide crecer un corazón, llámeme y déjemelo saber. ¡Usted, descorazonado hijo de puta!"

Y se va de mi oficina. Sólo que el botón debe ser presionado para abrir la puerta, y no estoy listo para dejarla ir todavía!

CAPÍTULO 7

ELIZABETH

Agarro el picaporte, trato de girarlo pero no se mueve. Tiro de él y nada, pero cuando su risa se aproxima, me voy vuelta para encontrarlo parado detrás de mí.

"Espere un momento, Señorita Cook," dice con esa profunda, tan sexy voz que me vuelve loca.

Su alto y esbelto cuerpo se encuentra a tan sólo unos centímetros de mí, y puedo sentir el calor de su aliento en mi rostro mientras se inclina hacia mí. Presiono mis manos contra su ancho y duro pecho. "¿Qué carajos está haciendo?"

Su risa es tan profunda que puedo sentirla en su pecho. "Le estoy mostrando cómo el picaporte no funciona de la manera que usted cree que funciona. Vea" Me da vuelta con la otra mano y puedo sentir su cuerpo contra mi espalda. Su boca está próxima a mi oído, moviendo mi cabello con sus palabras, "Ve, no se mueve. Tengo que presionar un botón bajo mi escritorio para abrirla. No volvería a sentarse, por favor, para terminar nuestra conversación. No quiero que se vaya enojada. Me gustaría hacer las cosas mejor para usted, si me dejara."

Estoy temblando de rabia, y creo que también de frustración sexual. Espero a girar una vez que él se aleja y siento su mano nuevamente en mi espalda baja al voltear, gentilmente empujándome a sentarme una vez más en la cómoda silla frente a su escritorio.

Vuelve a su escritorio y abre un cajón. Cuando saca su mano, pone varias cosas en frente mío. Una de ellas es una tarjeta de un cuarto de hotel, por lo que veo. Otra es una tarjeta de presentación, con su firma al borde. La tercera parece una tarjeta de crédito, pero en vez de ser Visa o MasterCard, tiene su nombre abajo, y arriba, las palabras, Plaza Hotel.

"Quiero que tome mi jet privado a casa," dice mientras sus dedos mueven la tarjeta de presentación hacia mí. "Puede darle esto a mi piloto en el aeropuerto y él la llevará a Bahía Chesapeake. Pero no hasta mañana. Por esta noche, me gustaría que fuera mi invitada en el Plaza Hotel. Aquí está la llave del cuarto que tengo allí. Puede simplemente dejarla en la mesa del cuarto cuando se vaya."

"No puedo," digo, pero él sostiene su mano para detenerme, así que cierro mi boca y lo veo mover sus dedos hasta el último ítem de la mesa: la tarjeta de crédito.

"Esta es mi tarjeta VIP para el Plaza Hotel. Puede usarla para cualquiera de los bares o restaurantes del hotel. Siéntase libre de usarla todo lo que quiera, está a mi cuenta. No quiero que se marche odiándome, Señorita Cook."

Lo miro y veo que sus ojos son más verdes que marrones ahora, y ahora parece interesarle que nos llevemos bien. Y quizás, yo debería tratar de hacer lo mismo, antes de rogarle y suplicarle que vea las cosas de la manera que yo las veo.

"Tengo un cuarto para esta noche. De todas maneras, gracias," le digo mientras me inclino y le devuelvo la tarjeta del hotel de vuelta. "El cuarto viene con desayuno incluido y como no tengo hambre, no tendré que cenar en el hotel." Le devuelvo la tarjeta de crédito. "Y tengo un billete ida y vuelta, por lo que no necesitaré su jet privado." Entrego la última pieza de su oferta de vuelta y le sonrío. "Gracias, igual, Señor White."

"Llámame Zane," dice y me devuelve todo. "Por favor, mis regalos. Seguramente no va a quedarse en ningún lugar tan agradable y lujoso como el Plaza. Y asumo que aunque no tenga hambre ahora, puede que tenga después."

"No tengo apetito de perder mi faro" digo rápidamente.

Su mirada baja y luego dice, "Y su boleto, ¿es de autobús?" Asiento "Por supuesto."

Sonríe. "Entonces estará encantada en subir de categoría en mi jet. Y se va cuando usted quiera, no de otra manera. No tomaré un no por respuesta."

Siento que mis cejas se levantan, como mi voz al decir, "Aunque usted espera que yo lo haga."

Asiente con la cabeza y se acerca para apoyar su trasero en el frente del escritorio. "Lo hago. Y no espero que esté feliz al respecto. Por eso es que trato de animarla con estas cosas. Una linda noche en la gran ciudad. Algo para recordar su experiencia aquí con un mejor sentimiento que si hubiera huido rápidamente como intentó hacer. Vaya al hotel, beba algunos tragos y cálmese. Haré que lleven sus cosas del hotel donde está al nuevo cuarto en el Plaza"

No estoy segura de qué hacer. Por supuesto, ¿quién no querría quedarse en el Plaza Hotel y cenar allí, disfrutando uno de sus fabulosos bares?

Pero mi orgullo está hirviendo por dentro y no creo que vaya a dejarme aceptar ninguna de sus ofertas. "Mira Zane, creo que lo mejor es dejar las cosas como están. No quiero estar en deuda contigo."

"Esto no te hace quedar en deuda conmigo, ¿puedo llamarte Elizabeth?" me pregunta.

Asiento. "Sí, y sí que lo hace. No sé por qué no puedes verlo. Si acepto estas cosas, es lo mismo que decirte que me rindo por el faro, cosa que no sucede."

"Oh, pero realmente deberías" dice con el ceño fruncido. "Es realmente una gran pérdida de tu tiempo, ves. Odio ver que el tiempo se desperdicia. Es tan valioso. Seguramente tiene otras cosas que necesita hacer. ¿Qué hace para vivir?"

Ahora me siento estúpida porque odio que la gente sepa que todavía no conseguí un trabajo relacionado con mi diploma en historia. Todavía tengo el mismo empleo que cuando estaba en la universidad. Y no quiero decirle a este hombre qué es.

"Cosas" digo, poniéndome tres veces más roja.

"¿Cosas?" me pregunta con su mano en mi mentón, levantando mi rostro de manera que deba mirarlo.

¡Mierda!

CAPÍTULO 8

Zane

Con una respuesta como "Cosas", cuando le preguntas a una persona a qué se dedica, por supuesto, quieres saber más. La forma en que sus ojos miran a cualquier lugar menos a mí me tiene pensando lo peor.

¿Es esta hermosa mujer una prostituta o algo tan terrible como eso?

"Okay, soy una camarera en un pequeño café. ¡Ahí tienes!" ella dice, calmando mi ansiedad al momento justo que estaba por activar mi modo superhéroe y ayudarla a salir de esa vida, si era el caso.

"¿Por qué actúas tan avergonzada, Elizabeth?" Le pregunto mientras suelto su mentón y me vuelvo a apoyar contra el escritorio.

"Tengo un diploma en Historia. Debería estar haciendo más con mi vida, pero todavía no lo he hecho. El abuelo murió y eso alertó algo dentro de mí, o eso creo. No estoy orgullosa de como he estado manteniéndome a flote en la misma posición todo este tiempo."

"Entonces es tiempo de avanzar. ¿No lo ve? Es tan visible como esa pequeña y linda nariz en su cara." Digo.

Sonríe tímidamente y toca su nariz, mientras su piel se sonroja en un tono rosado. No dice nada acerca de mi comentario, pero sé que la he sorprendido.

Para ser honesto, me he sorprendido a mí mismo. Y espero conseguir una chance con ella esta tarde, después de que haya tomado algunas copas y se haya instalado en el hotel.

Mis razones para dejarla quedarse en el hotel no son puramente para su beneficio. Yo también tengo mis motivos.

Ella parece ser una fiera y me encantaría ver cuán fuerte puedo hacerla gemir para mí. Tomo una nota mental para que mi asistente personal le compre un lindo atuendo para la noche y se lo envíe con una nota, a su cuarto. Creo que una amable invitación a cenar conmigo será suficiente.

Ahí es cuando puedo encender mis encantos y haré que caiga a mis brazos antes de tiempo. De todos modos, a ella le gusta mi apariencia. Puedo leer sus expresiones como un libro abierto.

"Desearía que avanzar fuera más fácil. El abuelo era mucho más que sólo un abuelo para mí." Su mirada se torna sentimental y sacude la cabeza. "No importa, debería irme. Sé que eres un hombre ocupado." Se levanta, llevándose las tarjetas en su mano.

"Llévalas. Lo digo enserio. Quién sabe, me verá por el Plaza. Tengo un penthouse allí," le comento al caminar hacia el escritorio para presionar el botón que abre la puerta.

Pone las cosas en su bolso. "¿Cuál es el número del cuarto?"

Su pregunta me hace soltar un suspiro de alivio. Significa que ella estará allí y ahora me siento bastante optimista al pensar en una noche a solas con ella.

"Cuando llegue al hotel, entréguele la llave a la recepcionista y ellos le dirán cuál es la habitación que le asignarán." La puerta se abre silenciosamente y camino de nuevo en su dirección. Mi mano se posa sobre su espalda baja, donde parece encajar perfectamente, y no puedo esperar a ver qué más me encaja perfecto.

"Bueno, Zane," se ríe. "Esto no es para nada lo que esperaba cuando planeé venir aquí. Pero por favor, no se enoje cuando trate de conseguir un lugar en el registro histórico para el faro y pare sus planes."

Me río, ya que no ha podido hacerlo hasta ahora, por lo que sus chances son escasas. "Mientras prometa que no se enojará conmigo cuando mis abogados lo rechacen"

Me mira bajo sus gruesas pestañas y una leve sonrisa se asoma en sus labios. "Okay, parece justo. Adiós. Gracias."

Mientras se marcha, la observo hasta que llega a la otra puerta. "Adiós," grito, haciendo que tanto ella como mi secretaria me miren.

Elizabeth me saluda con la mano y sale por la puerta. Me quedo en el umbral de mi oficina, mirando la puerta cerrada hasta que escucho, "¡Oh por Dios! Se la dio."

Mis ojos se van hacia mi secretaria, quien se ha sacado sus lentes y me mira boquiabierta. Me río y vuelvo a mi oficina. "Por supuesto que no. No seas estúpida."

Le voy a dar algo, sin dudas. ¡Y tampoco tomaré un no por respuesta ante eso!

CAPÍTULO 9

ELIZABETH

No creo estar completamente segura de cómo todo esto sucedió. Se suponía que me fuera con el faro intacto y, al contrario, me voy con las manos vacías.

Las cosas no salieron como yo quería. Aun así, me siento algo así como genial. Será porque hay una pequeña chance de ver a Zane White de nuevo.

Igualmente, lo dudo. Seguro que sólo decía que podríamos cruzarnos para ser cordial. Está tan bueno, estoy segura que debe tener tantas mujeres a sus pies, que las tiene que evitar.

Entrando al asiento trasero del taxi, comienzo a decirle al conductor dónde dirigirse cuando mi teléfono suena. "¿Hola?" pregunto, sosteniendo mi dedo para indicarle al conductor que espere.

"Sí, soy Lane, la secretaria del Señor White. Quiere saber a dónde enviar a su asistente a buscar sus cosas para llevarlas al Plaza."

¡Dios! ¡Qué eficiente es!

Miro al conductor. "Al Plaza Hotel, por favor." El asiente y acelera. Supongo que esos dos minutos que tuvo que esperar por mi respuesta le han costado dinero, por la forma en que se mueve tan rápido. Fijo mi atención de nuevo en la persona esperando del otro lado del teléfono, "El New World Hotel es donde mis cosas pueden ser recogidas. Los llamaré para hacérselos saber."

"Gracias, Señorita Cook. Y el señor White me pidió que le preguntara cuál es su perfume favorito."

"No tengo uno," respondo. "¿Por qué preguntaría eso?"

"No estoy segura, señorita. Quizás quería comprárselo," me dice.

"¿Cree que tiene planes de verme esta noche?" le pregunto inquieta en mi asiento, y tensa.

"Supondría que así es. No tengo idea, para ser honesta,"

Luego escucho la voz de un hombre de fondo. "Haz que le envíen rosas rojas, también." Suena como la profunda y sexy voz de Zane White, pero no creo que esté hablando sobre mí.

"Sí, señor," dice Lane.

Entonces lo escucho, "¿Crees que le haya gustado, Lane?"

"Shh," escucho como lo calla. "Señor, tengo a la Señorita Cook en línea, me está dando la información de su hotel."

"¡Mierda!" lo escucho decir y me tapo la boca para no reír fuerte.

Fingiendo que no escuché nada, digo "¿Es eso todo, Lane?"

"Sí, que tenga buenas tardes, Señorita Cook. Nosotros, aquí en la compañía Sandstone, esperamos que disfrute su estadía en Nueva York. Si necesita algo, por favor, tenga total libertad de llamar a la oficina mientras está en la ciudad. Buen día."

"Buen día," digo al terminar la llamada y estacionamos en frente del lujoso hotel. "Gracias" Saco dos billetes de veinte y se los entregó al conductor.

"Gracias" me responde. "Disfrute su estadía."

Me siento como una princesa saliendo del auto con la ayuda de un portero. "Bienvenida al Plaza Hotel, madame."

"Gracias," le digo al hacerme camino hacia el interior del enorme edificio.

Los Valets se apresuran alrededor de la entrada mientras paso al interior. Es como una pequeña ciudad aquí adentro. Me dirijo a la enorme recepción, sintiéndome como caminando en el aire.

Hay un sentimiento mágico en el aire de este lugar. Como si cualquier cosa pudiera pasar, mágico.

Una joven y amable mujer me mira cuando me aproximo a la parte de la recepción de la que ella se encarga. "Hola, bienvenida al Plaza Hotel. ¿Qué puedo hacer por usted?"

Saco la llave de mi bolso y se la entrego. "Zane White me envió."

Al pasar la tarjeta una vez, escribe algo en su computadora y luego me entrega la tarjeta de vuelta, señalándome los elevadores. "Tomará el elevador hasta el piso número doce. El número de su suite es 1212. Qué tenga buenas tardes, Señorita Cook."

No le dije mi nombre, así que me sorprende al saber que lo conoce. "¿Usted sabe mi nombre?"

"Por supuesto," contesta con su sonrisa perfecta. "El Señor White llamó hace un momento. Sus cosas serán llevadas a su cuarto apenas lleguen al hotel"

Me alejo, tengo la sensación de estar en un sueño. Un sueño glorioso del cual no creo quiera despertar.

Entonces me doy cuenta. ¿Acaso he vendido el faro por una noche en un lujoso hotel?

SU MISIÓN

Romance con el Multimillonario

Por Kimberly Johanson

CAPÍTULO 10

ELIZABETH

Sintiendo como si hubiera caído por el hoyo del conejo y terminado en un universo alternativo en un hermoso hotel en Nueva York, me abro camino en el traje que Zane me preparó. Todo lo que me rodea es tan lujoso que puedo ver que seré mimada por tanta extravagancia por un tiempo.

Siendo una entusiasta de los baños elegantes, camino hacia él y me siento todo menos decepcionada. Una profunda tina es la pieza principal del enorme cuarto. Una hermosa ducha recubierta en mosaicos se encuentra en una esquina. Hasta el inodoro está artísticamente diseñado.

¡Se siente tan surreal!

Sin prestar atención, lleno la bañera con agua caliente y tengo la vanidad de elegir un jabón con esencias y productos para el cabello. Un bello baño caliente, lleno de burbujas, será un buen modo de calmar mi mente, o eso creo. Mi ropa no ha llegado pero tengo dos batas muy suaves de peluche colgando en ganchos detrás de la puerta, así que puedo usar una cuando salga.

Abro la tapa de una de las botellas de shampoo y me encuentro con esencia de lavanda y menta, que me da escalofríos por todo el cuerpo. Tiene que ser más caro que cualquier shampoo que haya usado jamás, y estoy ansiosa por ver cómo se siente mi cabello con él.

Cerrando la puerta del baño, me saco la ropa y la ubico ordenadamente en la mesada cerca del lavabo. Todo está tan lindo y organizado que no puedo sólo tirarlas al piso, como lo hago en casa.

Me meto en la bañera, me acomodo e inmediatamente siento toneladas de tensión que abandonan mi cuerpo. Mis pies ya se sienten mejor. Ser camarera los tiene constantemente adoloridos.

Pensando en mi trabajo, alcanzo el teléfono que dejé en el borde de la enorme bañera. Necesito asegurarme que Tanya pueda cubrir mi turno mañana.

Deslizo mi dedo, la llamo y la encuentro riendo cuando responde su teléfono, "Ey tú."

"Adivina que estoy haciendo."

"Escucho ruidos en el fondo. Me recuerdan a algo. ¡Oh Dios, Liz, no estarás usando un vibrador y llamándome cuando estás… tú sabes!"

"¡Dios no! ¡Eres tan rara!" chillo. "Estoy en uno de esos jacuzzis. Adivina dónde."

"Um, no tengo la menor idea, así que tú dime." Dice mientras escucho un hombre hablar en el fondo.

"Estoy en una suite en el Plaza Hotel, Tanya."

"¿Qué? ¿Cómo? ¡No puede ser!" comenta y se ríe. "¡Para con las cosquillas, Bob!"

"Ah, veo que estás en su casa." Le digo, ya que no me gusta el chico con el que va y viene, Bob.

"Lo estoy, y como tú estás en ese hotel de lujo creo que todo va bien con ese hombre del faro de tu corazón."

"En realidad, no. No es flexible con ese tema. Pero si me arregló pasar la noche en este hotel y un jet privado para ir a casa. También me dio su tarjeta para tragos y comidas en el hotel."

"Te vendiste, ¿no?" pregunta y hasta puedo oír la sonrisa dibujada en sus labios.

"¡No!"

"Suena como que te tiró un poco de dinero y tú saltaste a agarrarlo, dejando de lado la verdadera razón por la que fuiste hasta allí, Liz."

¡Bueno, ahora sí que estoy molesta conmigo, porque hasta Tanya puede ver que fui comprada y es bastante densa!

"Volveré mañana tarde, por eso te estoy llamando. ¿Podrías cubrir mi turno y te lo devuelvo en la semana siguiente? Haré doble turno por ti, o lo que quieras. Sólo necesito que hagas esto por mí mañana, por favor."

Escucho más risas y Bob dice, "Ella lo hará pero tendrás que trabajar por ella tres días el próximo fin de semana porque la voy a llevar a Las Vegas para poder casarnos."

"¿Felicitaciones?" pregunto, ya que no creo que ella deba casarse con el chico que justo cumplió veintiún años y todavía vive con su madre y no tiene trabajo.

"¡Gracias Liz!" Tanya chilla. "Deberías ver el anillo que me dio."

Bob se mete "Es uno de tres quilates."

"¡Dios mío! ¿Cómo puedes si quiera acceder a uno?" creo que el niño habrá robado un banco para poder haber comprado algo así.

"Es una zirconia cúbica, Liz. Vuelve a la realidad," dice Tanya riendo "Pero es precioso, luce muy real"

"Seguro que sí" digo sacudiendo mi cabeza. Me temo que esa será la vida con ese chico, una serie de promesas vacías.

Estoy contenta que mis padres no me hayan criado para necesitar un hombre, ningún hombre, en mi vida, para hacerla completa. Estoy contenta que mi cabeza está clara y sé que puedo ser yo misma por siempre si es el modo en que la vida se presenta para mí.

No necesito ni quiero al Señor Correcto Ahora. Estoy esperando por El Hombre. El hombre que me encienda con una simple sonrisa, una caricia, un beso. El hombre que me haga sentir especial con sólo una palabra.

Tuve algunas relaciones que no iban hacia ningún lado y me encantaría recuperar el tiempo perdido en eso. Con la certeza de que no perderé el tiempo con hombres que no me tienten con sus caricias, me siento entera conmigo misma. ¡No necesito a un hombre!

"Okay, todo arreglado entonces" digo. "Trabajas mañana por mí y yo trabajaré todo el fin de semana próximo para que puedas ir a cometer un gran error. Digo, para que te cases."

La forma en que ambos rieron me tensó el estómago. "Un día tú también encontrarás el amor, Señorita No Creo," dice Bob y la llamada se corta, ya que le habrá quitado el teléfono a Tanya y se ríe de nuevo.

¡Bueno, yo no estoy buscando amor, así que a la mierda ustedes, Bob y Tanya!

CAPÍTULO 11

Zane

"En la carta por favor escriba "Por favor, acompáñeme en la cena y por unos tragos esta noche" y escriba mi número de teléfono," digo al florista.

"Sí señor White. Esto es una orden de dos docenas de rosas rojas que serán entregadas en un jarrón Waterford Crystal a la señorita Elizabeth Cook en el cuarto 1212 del Hotel Plaza, ¿correcto?"

"Sí, vea que las tenga pronto" le comento al terminar la llamada.

No tengo idea de por qué me siento tan embelesado. Nunca me siento así. ¡Nunca!

Pero hoy me siento así, después de conocerla. Sólo han sido un par de horas desde que dejó mi oficina y todavía la veo como si estuviera realmente aquí. ¡Es increíble!

Espero impaciente que me deje probarla por un buen tiempo para sacarla de mi sistema. No puedo dejar de pensar en ella y en cuán suave su piel debe sentirse, y cómo sus pechos se sentirían aplastando mi pecho.

¡Nunca voy a poder trabajar!

Hasta ahora, he tenido dos llamadas sobre algún tipo de negocios y no tengo idea de qué se trataban. Mirando al anotador en el primer cajón de mi escritorio, veo que sólo he garabateado mientras escuchaba a las personas al otro lado de la línea.

No puedo seguir así. ¡Iré a la quiebra!

Mi teléfono suena con un texto y miro para encontrar una foto de un vestido que mi asistente personal me manda. Es uno de chiffon, a la rodilla en un color bordó. Y atrás de él, todavía colgado, está el vestido que quiero que Elizabeth lleve puesto.

Y respondo, -Compra el que está detrás de ti. El negro, cortó y busca unos tacones que vayan con él. Algo de marca, nada barato. Y deja que los vendedores te ayuden a encontrar un lindo collar y aros que vayan con él.-

Ha pasado tiempo desde la última vez que le compre algo a una mujer. Tenía veinticinco la última vez que amé a una mujer lo suficiente como para comprarle cosas. Cuando esa relación se cortó, por mi culpa, juré jamás caer en el amor de nuevo.

¡No tengo tiempo para eso!

Ser un soltero por la vida, que ocasionalmente encuentra el tiempo para tener sexo espectacular con cualquier mujer, es perfecto para mí. No hay razón para tratar de complicar mi vida con las necesidades de una mujer.

¡Simplemente no tengo ese tipo de tiempo!

Una idea se mete en mi cabeza y tomo el teléfono una vez más, llamando al Plaza Hotel. Mi conserje personal, Tristan responde, "Señor White, qué placer escucharlo. ¿Qué puedo hacer por usted, señor?"

"Tengo una mujer quedándose en el cuarto 1212. Me gustaría enviarle una estilista a su cuarto. Que le corten el cabello, lo peinen y le hagan color, si la estilista lo cree necesario. No importa el costo. Manicura y pedicura, también. Pinten sus uñas de un tono de rojo oscuro, al igual que sus labios. ¿Crees que puedes tener todo esto listo en un par de horas, Tristan?"

"Para usted, claro. Ya estoy trabajando en eso. Un pequeño equipo de tres será suficiente."

Termino la llamada, me levanto y me acerco a mirar fuera de la ventana de mi oficina. Los autos lucen como hormigas desde esta altura. Mi cerebro es un desastre y odio sentirme así. Sólo sigo pensando en la adorable mujer que vino a mi oficina y me encendió.

¡Esto no está pasándome!

Mi intercomunicador suena y vuelvo a presionar el botón. "Sí, Lane."

"Tiene una mujer furiosa en la línea uno, Señor White."

"Genial" digo y presiono el botón para contestar a la mujer que creo que debe ser Meagan Saunders.

"Hola, aquí Zane" digo con un tono severo con intenciones de tomar las riendas de la conversación desde el principio.

"Zane, ¿Qué te hace pensar que puedes mandarme un equipo de especialistas en cambios para convertirme en lo que tú quieras?"

"Oh, eres tú, Elizabeth," digo con alivio. "Creí que te gustaría un tratamiento de la realeza. Sólo es por un día. No estoy tratando de convertirte en nada. Simplemente darte un trato. Eso es todo. Déjalos hacer su magia en ti. Prometo que no te decepcionarás."

"Esto es demasiado Zane. Demasiado" dice con un tono de queja en su voz.

"Déjame hacer esto por ti, Elizabeth. Por favor." Miro afuera de la ventana y apoyo mi cabeza contra el frío vidrio. No tengo idea de por qué ella está consumiendo mis pensamientos, pero lo está haciendo y necesito sumergirme en este sentimiento para que de una buena vez se marche.

"¿Mi cabello, mi maquillaje y las uñas, Zane?" pregunta "¿Por qué?"

"Por qué no. Quiero hacer esto por ti. Y esto es sólo el

principio, más cosas vendrán así que deja de quejarte. Déjalos hacer lo que ellos crean que es mejor y disfrútalo. Es sólo por un día, recuerda. Mañana volverás a tu vida en tu pequeño pueblo y todo esto parecerá un sueño distante. Así que déjalo que pase, ¿Quieres? Déjame tratarte como una princesa por un día"

Espero, sosteniendo mi aliento, por su respuesta. Espero que sólo se deje llevar. Necesito que se deje llevar. Si puede soltarse por esta noche, entonces tendré una chance de llegar a lo íntimo con ella, sacarla de mi sistema y volver a los procesos normales de mi mente.

"Bueno," dice. "Pero sólo quiero que sepas, que me siento tonta. Siento como que me he vendido"

"No lo has hecho" digo riendo por lo bajo, "Los dos sabemos qué harías lo que sea por ese faro"

El hecho es, que estoy disfrutando la pelea.

Ha pasado tiempo desde la última vez que me han hecho la contra. Y con ese pensamiento, mis pantalones aprietan mi entrepierna. La escena de Elizabeth sobre mí, excitada, me tiene duro.

"Haré todo lo que pueda, Zane. No lo voy a hacer fácil para ti sólo porque te estás sobrepasando aquí."

"Bien. Te veo luego."

"¿A qué te refieres?" pregunta.

Termino la llamada porque debería recibir las flores, el vestido y las joyas en poco tiempo y sabrá a lo que me refiero. Amo dejarla con un aire de misterio. Jugar con ella es muy placentero para mí, por alguna razón.

Sentado en mi escritorio, me reclino hacia atrás con la cabeza, viendo cómo jugaría con ella toda la noche. Tiene que dejarme. Sería un grave error de su parte si nos niega a los dos el placer que sé que puedo darle.

Me pregunto si gritará. Seguro que sí. Seguro que puedo hacer que grite mi nombre una y otra vez durante la noche. Ella tiene que quererlo también. Sé que lo quiere. Pero parece el tipo de mujer que no da el brazo a torcer en la primera cita.

Sólo tendré que usar un movimiento justo para acercarme a conseguir lo bueno mucho más rápido de lo que ella está acostumbrada a darlo. La necesito fuera de mi sistema y lo necesito rápido.

CAPÍTULO 12

ELIZABETH

Sentada en la sala de la enorme suite, con mis pies en un baño de sales exóticas, mis manos en cuencos con algún tipo de líquido y en cada lado, una mujer corta mi cabello. "Creo que no necesitará color, ya que su cabello natural tiene muchos reflejos dorados."

Estoy de acuerdo y asiento, ya que hay una máscara de barro en mi rostro que se puede quebrar si hablo. Ella sonríe y recorta las puntas de mi mojado cabello. El llamado a la puerta hace que el conserje, Tristan, conteste y veo un hombre sosteniendo mi maleta y una bolsa negra de espalda con una percha que sale por arriba de ella.

"Hola Tristan" dice el hombre al entrar y va directo al dormitorio. Al volver, veo que tiene un pequeño vestido negro en una mano y un par de sandalias de tacon negro en la otra. "Soy Jeremy, el asistente personal del Señor White, Señorita Cook."

Asiento, ya que no puedo hablar.

Mueve un poco el vestido en frente de mí. "El señor White

personalmente eligió este vestido para usted. Debo decirle que él no suele hacer este tipo de cosas. ¡Nunca!"

Asiento de nuevo y me pregunto si todo esto es en realidad para que me calme con todo el asunto del faro. Es demasiado, si eso es lo que quiere.

La estilista termina con mi cabello y se mueve para que todos vayan al siguiente nivel de hacerme lucir lo más hermosa que puedan. "Laven su cara y vamos al próximo nivel" dice.

Uno de los jóvenes que ha estado trabajando en masajear mis pantorrillas mientras saca uno de mis pies mojados y los seca. Luego, el otro tipo que estaba encargándose de que la máscara de barro en mi rostro estuviera funcionando como debería, toma mi mano y me lleva al baño, a quitármela, supongo.

El barro cae de mi cara en puñados mientras toma una toalla marrón y lo quita del lavabo del baño. Veo mi cara en el espejo y no veo ninguna diferencia. ¡Qué mala forma de gastar el dinero!

Me lleva de regreso a la silla pequeña que trajeron con pequeñas mesitas a cada lado y veo que la mujer que corta mi cabello tiene todas sus herramientas listas para secarlo y peinarlo. Además, el chico del maquillaje tiene su gran estuche de maquillajes abierto y veo un esmalte de uñas en una de las mesas de color rojo profundo.

"¿Rojo, eh?" preguntó al sentarme.

El chico que sostiene mi mano responde, "El Señor White dijo que usemos ese color. Fue muy específico al respecto."

El otro chico saca un brillo de labios del mismo tono y lo sostiene junto con la botella de esmalte de uñas. "Tus labios combinarán con este," dice.

Ahora me siento furiosa, ya que él me está tratando como su muñeca personal. Vuelven a tocar la puerta y Tristan responde. Un hombre con un hermoso jarrón lleno de las rosas más rojas que haya visto en mi vida entra y me sonríe.

"Señorita Cook, tengo una nota para usted." Deja el jarrón en la mesa y viene hacia mí con un sobre blanco. "Aquí tiene."

Lo tomo, lo abro y encuentro una hermosa carta y dentro de ella una invitación para acompañar a Zane en la cena y por unos tragos. "Me está invitando a salir. Debo decir que me lo veía venir" digo riendo. "¿Podría alguien alcanzarme mi celular para pueda aceptar su oferta?"

Tristan lo busca y me lo entrega. "Usted es una mujer muy afortunada, Señorita Cook."

Asiento y siento que ninguna de estas personas realmente lo entiende. Este hombre lo único que quiere es que deje de pensar en mi propósito con el faro. Llamo al teléfono en la tarjeta y suena tres veces antes que contesten, "Hola"

"Ey, tu" digo.

"Finalmente habrás recibido las flores" dice riendo. "Estaba esperando tu llamada."

"Con todo esto que me has hecho, creo que lo habrías calculado para que encaje perfecto con una primera cita. Me parece que estás haciendo las cosas al revés."

"Eso es absolutamente nada de lo que yo haría. Entonces, ¿Me acompañarás a cenar?" pregunta, como si no supiera cuál va a ser mi respuesta.

"Claro que sí. ¿A qué hora debo esperarte?"

Escucho que se le escapa un suspiro. Seguramente no podía pensar que iba a decirle que no, después de todo esto. "¿A las ocho?" pregunta. "¿Funciona para ti?"

"Dado que no hay nada en mi tan ocupada agenda, creo que a las ocho funciona perfecto. ¿Puedo esperar a que me busques por mi cuarto?"

"Puedes." Me dice. "Te veré entonces, seré el hombre apuesto en traje"

Me rio un poco. "Seré la hermosa mujer en un pequeño vestido negro que algún Neandertal me compró hace un rato"

Su risa hace mi corazón latir fuerte. Es tan profunda y sexy que no sé qué es lo que voy a hacer si este hombre se quiere acercar a mí. "Te veré entonces, Elizabeth."

Le devuelvo el celular a Tristan, quien tiene una sonrisa de oreja a oreja. Sacude la cabeza mientras vuelve a sentarse. "Nunca lo había visto hacer algo así. Es increíble."

"Es sólo por hoy" digo, mientras el chico de la manicura toma mi mano para comenzar a pintar mis uñas.

La mujer comienza a secar mi cabello y ahoga todo lo demás. Mi mente se mueve a algún lugar en un futuro cercano de esta noche. Voy a un elegante salón donde sólo el apuesto de Zane y yo estamos bailando lento. Nuestros cuerpos cerca, sus labios en mi oído. Unos suaves susurros le hacen cosquillas y me rio. Una de sus manos se desliza hacia mi trasero y lo aprieta. Hago un sonido de aprobación y sujeto su hombro con mis uñas rojas.

Sé que no sucederá así. No hay lugar en este hotel con tanta privacidad. ¡Hay gente por todos lados!

Pero aun así, es una linda fantasía. Me pregunto cómo será todo esta noche. Me pregunto si piensa que tendré sexo con él después de todo esto. Sé que la mayoría de los hombres así lo querrían.

No soy esa mujer, igual. No tengo sexo sin sentido. Ya no. No es eso lo que quiero.

No. No va a haber sexo. No importa cuán apuesto y hermoso el hombre sea, no seré una más en su lista.

Estoy segura que puede conseguir otra mujer para que se suba a su cama. Una que no tenga ninguna vergüenza. Pero puedo dejarme disfrutar una noche con él. Puedo comer cosas que nunca he comido. Beber vinos costosos, que nunca más podré probar.

Esta noche puede ser la única vez que experimente la vida como los ricos lo hacen. Pero no probaré a Zane White. ¡Y él no me probará a mí!

CAPÍTULO 13

ZANE

Con el último de mis negocios completado por hoy, dejo mi oficina y me doy cuenta que soy el último en irse. Cerrando la puerta detrás de mí, me doy vuelta para encontrarme a una invitada no bienvenida.

Su pie da golpecitos rápidos en el piso, con sus delgados brazos cruzados y sus ojos azules entrecerrados, mirándome. "Eres un hombre difícil de encontrar, Zane. Tu pequeña secretaria Nazi se negó a avisarte que estaba aquí, esperando por ti. Seguía diciéndome que debía llamar para hacer una cita."

"Bueno, esa es la manera en la que manejamos los negocios, Meagan. Estoy muy ocupado. Me temo que no tengo tiempo para ti esta tarde." Camino pasándola para subir al elevador, y ella me sigue, para mi decepción.

Nadie más está en el maldito ascensor, dejándonos solos. Se para a mi lado como si estuviera todo lleno. "Zane, ¿por qué te comportas así? Sabes que la noche que pasamos fue especial. ¿A qué le tienes miedo?"

"No le tengo miedo a nada. Te dije que lo sentía por haberme aprovechado de ti esa noche. ¿Qué otra cosa quieres?" La miro sólo por un segundo mientras sus ojos siguen entreabiertos y su expresión se queda en una mirada obstinada.

"Quiero que te des cuenta que ambos podemos hacer una pareja poderosa. Eso es lo que quiero. El magnate inmobiliario y la poderosa jueza. Podemos llegar muy lejos si combinamos nuestras fuerzas, Zane. Tienes que admitir que disfrutaste el sexo."

Mi estómago se revuelve cuando pienso en su recuerdo. No sé cómo decirle que no sentí nada por ella. Que fue sólo el acto sexual y nada más. Pero ella no es una persona a la que le puedo ser directo. Todavía necesito su ayuda de vez en cuando.

"No puedo tener compromisos, Meagan." Me bajo del elevador cuando las puertas se abren.

Ella me sigue, obviamente. "¿Por qué no?"

"Porque," digo sin saber que mierda más decirle.

Me sigue de cerca por la espalda mientras tomo un taxi y la encuentro entrando en el asiento conmigo. "Voy contigo" dice. "¡Usted y yo vamos a hablar, señor!"

¡No esta noche!

"Meagan, mira, tengo una reunión con un cliente importante. No puedo esta noche" le digo mientras me corro rápidamente.

Su mano va a mi rodilla y se corre hacia mí, apretándome contra la puerta. "Puedo ir contigo a la reunión con el cliente. Deberías tener una mujer en tu brazo, Zane. Te hace ver mucho más poderoso. Tienes que estar de acuerdo"

"No necesito a nadie en mi brazo para manejar el respeto en el mundo de los negocios. Y siendo una mujer de tu status, creía que veías a las mujeres como algo más que un simple objeto de decoración."

Su mano se apoya en la mía y la lleva hasta su pequeño pecho. "Soy una mujer que quiere a un hombre. Seré cualquier cosa que quieras en privado."

"No quiero que seas nada para mí, en ningún lado" digo, mientras tiro de mi mano. "No parece que entiendas. No estoy disponible."

Sus finos y rojos labios me hacen un puchero. El color es más anaranjado que rojo y realmente lo odio. Hace que sus dientes parezcan amarillos. Hay tanto de Meagan Saunders que encuentro poco atractivo, que ni siquiera es gracioso.

La primera vez que la conocí, la vi como una mujer hermosa. Su naturaleza agresiva rápidamente me cambio de parecer. No puedo soportar el hecho de que ella no pueda tomar un no como respuesta.

Su mano agarra mi pene y lo sostiene fuerte. Me mira y se inclina para tratar de besarme. "Zane, un beso"

"No, ningún beso" digo moviendo su mano de nuevo hacia su regazo. "Y mantén las manos fuera de los bienes."

"¿Entonces por qué tu no lo hiciste?" pregunta y sus ojos se humedecen. "Tú me dejaste saber qué se siente estar entre tus fuertes brazos. Sé lo que se siente tener tu grande y musculoso cuerpo moviéndose sobre el mío mientras tu gran pene estaba dentro de mí"

Los ojos del taxista se encuentran con los míos en el espejo retrovisor y me veo ruborizado. "Creo que lee demasiadas novelas románticas" le digo.

El asiente y Meagan toma mi rostro y lo acerca al suyo. Antes de que nuestros labios se toquen, arranco mi cabeza de sus manos. "¡Zane!"

"No, Meagan" Tomo sus manos y las sostengo entre nosotros. "No estoy disponible"

El taxista para en el hotel y el portero abre la puerta. Salto del otro lado y veo que ella hace lo mismo. "Vengo a tu penthouse. Vamos a hablar."

Miro al cielo y pregunto, "¿Por qué, Dios? ¿Por qué esta noche, de todas las noches?"

Caminando rápido alrededor del taxi, alcanzo a agarrarla del brazo. "No puedes venir a arriba"

Se detiene y pone su mano en su cadera. "¿Por qué no? No es como si tuvieras otra mujer ahí arriba. Sé sobre ti, Zane. No estás saliendo con nadie. No sé por qué no me quieres dar un poco de tu tiempo." Se acerca y susurra. "Te necesito. Necesito un poco más de lo que me diste. No puedes mostrarle a una mujer un poco de lo que me mostraste y pensar que ella nunca más lo necesitará. Ningún hombre me ha hecho el amor de esa manera antes. Necesito más"

"Eso no fue hacer el amor, Meagan. Eso fue coger borracho. ¿Qué es lo que no entiendes?" respondo en un susurro. "No te amo."

"Bueno, si eso era coger borracho, quiero saber cómo es uno sobrio. Así que llévame a tu penthouse y muéstrame," dice con sus manos en mis hombros, "Debo saberlo."

"No" digo, gentilmente empujándola hacia atrás. "No voy a hacer eso. Nunca. Me gustaría saber por qué crees que venir hacia a mí de ese modo es algo que me gustaría. No soy un hombre al que le guste ser perseguido."

"Seguro que no," dice, mientras trato una vez más que me deje en paz. "Sé lo que quiero. ¿Qué parte de eso no es sexy?"

¡Solamente todo!

"Mira, tengo asuntos que atender. Necesitas irte. No vas a subir a mi casa. Necesitas tomarte un taxi y seguir tu camino."

Sus tacones se oyen mientras se apura por quedarse a mi lado. "No estoy tomando un no como respuesta. Entonces, tomemos un trago. Un pequeño trago y si para después de eso sigues sin quererme, entonces te daré tu espacio por esta noche. Pero no me detendré hasta que te tenga, tienes que saberlo."

Si tomará un trago para sacármela de encima, entonces lo haré. De otra manera, la veo interrumpiendo mis planes con Elizabeth y no quiero eso. "Un trago, en el bar aquí en el hotel y no arriba en mi penthouse."

Se cuelga de mi brazo, haciendo un sonido como un

ronroneo. "Oh, todo lo que necesito es un trago contigo y haré que cambies de parecer."

La sacudo de mí, y me adelanto unos pasos al frente. "Mi mente no cambia. Realmente no estoy disponible."

"Eso lo veremos" dice mientras trata de seguirme el paso.

¡No puedo beber ese trago lo suficientemente rápido!

CAPÍTULO 14

ELIZABETH

Con la suite ya libre de todas las personas que se necesitaron para hacerme ver mejor que nunca en mi vida, incluyendo mi baile de graduación, me encuentro totalmente nerviosa por esta cita. Será en una hora y creo que necesito un trago para que me ayude a no actuar como una tonta con ese hombre apuesto.

Jeremy, el asistente personal de Zane, pudo hasta guardar las cosas de mi bolso a este sobre negro que trajo con el vestido, zapatos y joyas. Estoy un poco avergonzado que también compró un pequeño conjunto de ropa interior en seda negra.

Abro el sobre para asegurarme que la tarjeta esté ahí para pagar por mi trago y la encuentro. Mientras cruzo la puerta, hay una pareja que también sale de su habitación y el hombre mayor con canas me mira de arriba abajo. La mujer colgada de su brazo le da un tirón y sus ojos me dejan, tomando su camino.

¡Debo lucir despampanante!

Mi cabello está peinado en un elegante recogido. Pequeños rizos caen por mi rostro, lo que lo hace perfecto. No llevo mucho maquillaje y me veo bastante natural.

Este vestido es el más corto que he usado. Casi no me cubre, termina con un borde de encaje y lo encuentro lindo con un toque sexy. Es una combinación preciosa que yo nunca hubiera elegido.

Al subir al elevador, noto que el hombre huele el aire. Debe de gustarle el perfume que el estilista me puso. No tengo idea qué es, pero huele muy bien.

Siento mi propia esencia y sonrío. Se siente genial ser tan mimada. Sé que sólo es por una noche y que no volverá a pasar, pero fue muy lindo. Siento que valgo un millón de dólares en este momento.

El elevador se detiene y un hombre se sube. Sus ojos oscuros se mueven sobre mí y se para a mi lado. "Primer piso" dice al otro hombre que está en el panel de control.

El hombre asiente y el tipo dirige su atención a mí. "Estoy por ir a tomar un trago, ¿Te gustaría acompañarme?"

Le sonrío y no puedo creer que me lo haya preguntado tan rápido. "Lo siento, no puedo"

Sus ojos se mueven hacia mi mano izquierda. "No veo ningún anillo"

El elevador vuelve a parar y tres hombres más entran. Todos llevan traje y parecen como si salieran a tener la mejor noche de su vida. Uno de ellos presume "Señoritas tengan cuidado, este hombre sale como un hombre soltero por última vez en la vida. Está en la patrulla"

El hombre situado a mi lado usa su hombro para golpearme "¿Segura que no quieres mí compañía para la copa? Odiaría que fueras la conquista de ese tipo."

Sonrío y sacudo mi cabeza. "Realmente, no puedo"

Sus palabras tienen a los tres hombres mirándome y dos de

ellos me silban. Me sonrojo y miro al piso, mientras muerdo mi labio. Estoy totalmente desacostumbrada a este tipo de atención.

"Wow, qué knock out" dice uno de ellos. "¿Vienes de una sesión de fotos o algo?"

"¿Sesión de fotos?" pregunto mientras miro al chico lindo que dijo eso.

"Sí, seguro eres una modelo" dice, moviendo sus cejas. "Deberías venir con nosotros, Tragos gratis toda la noche, baby"

Siento que el hombre a mi lado pone su brazo alrededor de mi cintura. "Encuentren a otra mujer a la que acosar, caballeros, y uso ese término holgadamente"

Me rio porque no puedo creer que esto realmente me esté pasando a mí. "Gracias" digo y me muevo un poco. El quita su brazo y asiente.

Las puertas se abren en el lobby y todos salimos del elevador. Me abro camino hasta el bar más cercano y veo que la despedida de soltero se aleja de mí, por suerte. El otro hombre se acerca a mí. "Le daré otra oportunidad. Si pierdo esta chance, me patearé. ¿Segura que no quiere acompañarme por sólo un trago?"

"No puedo. Gracias, igual" digo, mientras caminamos al mismo bar.

"¿Se encontrará con alguien?" pregunta.

Asiento. "Un poco más tarde. Sólo necesito un trago para calmar los nervios de nuestra cita."

"Ya veo" dice frunciendo el ceño. "Bien, entonces. Si no funciona, estoy en el cuarto 1067. Sólo para que sepas."

Me rio y tomo la pequeña mesa de la esquina y me doy vuelta para mirarlo mientras camina hacia la barra, "Lo tendré en cuenta."

"Mi nombre es Brock," me dice. "¿El tuyo?"

"Elizabeth," digo y me siento.

Asiente. "Espero verte por ahí."

Una camarera viene hacia mí y ubica una servilleta blanca en la oscura mesa caoba. "Hola, ¿le gustaría ver la lista de vinos esta noche?"

"Necesito algo más bien fuerte. ¿Tiene alguna recomendación?" pregunto.

"¿Fuerte? ¿Qué le parece un whiskey Sour? Es bastante fuerte"

Le digo que sí con la cabeza y ella se va a conseguir mi tan necesaria bebida. Mientras miro alrededor del lujoso bar, veo varios pares de ojos en mí. Nunca había atraído tanta atención.

Es impresionante y espero recordar este momento por siempre. Especialmente cuando sea una mujer mayor, viviendo en una casa llena de gatos y preguntándome cómo fue que terminé sola. Podría mirar atrás y decir, "una noche, fui hermosa y tuve muchísima atención por parte de los hombres". Eso debería bastarme.

Cuando la camarera vuelve, trae mi trago y dos más. "Estos son de caballeros del bar. Usted es muy popular, Señorita."

Tres tragos cuando todo lo que quería era uno. "Dígales que gracias, pero que no estoy disponible."

Asiente y me deja con mis tragos. El primero es duro. Es fuerte y puedo ver que definitivamente me tranquilizará. Saco mi celular, reviso mis redes sociales mientras doy sorbos a mis bebidas y antes que me dé cuenta, las tres han desaparecido.

Veo la hora y me doy cuenta que sólo he estado aquí por veinte minutos. Me bajé esas bebidas muy rápido. Cuando la camarera vuelve con una nueva, sostengo mi mano arriba. "Puedes dejarla en la mesa, pero creo que necesito un vaso de agua. O mejor de cola. Necesito algo para contrarrestar el alcohol. Tengo una cita para la cual no quiero estar borracha."

Asiente una vez más con la cabeza, se lleva los pequeños vasos vacíos y me deja tratando de pensar cómo voy a deshacerme de esto. Le sonrío cuando viene con un gran vaso de cola y unas galletas con salchicha de verano y queso encima.

"Eres una salva vidas." Digo mientras las acomoda en la mesa.

"Me lo han dicho, en ocasiones" sonríe.

¡Y dicen que los Neoyorkinos son desatentos!

CAPÍTULO 15

Zane

Llegando al primer bar veo que Meagan viene directamente detrás de mí. "Un trago," digo al entrar y mi corazón se para al ver a Elizabeth sentada sola en una mesa pequeña, hablando con la camarera. "¡Mierda!"

"¿Qué?" dice Meagan al venir junto a mí, que me quedé en mis pasos.

Elizabeth mira pasando la camarera y me ve. Sus ojos van hacia Meagan y vuelve a perder la mirada. No tengo idea lo que debe estar pensando.

Mi mente da vueltas con respecto a qué decir y hacer. Podría voltear e irme, pero eso me haría quedar mal con Elizabeth. Así que descontado.

Podría decirle a Meagan que es todo, pero sé que no se irá. Podría girar y salir corriendo, evitando a ambas. Pero ese no soy yo.

Mientras mis ruedas giran, una por una se detienen y empiezan a trabajar juntas. Podré ser capaz de usar esta situación única para conseguir que Meagan Saunders se vaya de mi vida de una vez.

Los pequeños clicks en mi cabeza hacen que todo se unifique en mi mente. Quizás Elizabeth coopere en esta conmigo. Parece el tipo de mujer que puede ver una situación por lo que realmente es.

Puedo ver por la manera que me está mirando, que tiene preguntas en esos ojos verdes brillantes y tiene dibujada una sonrisa. Una sonrisa que me dice que ella cree que fui atrapado, pero estoy a punto de sorprenderla, creo.

Me giro hacia Meagan, sonrío. "Bien. Hay alguien aquí que deberías conocer, Meagan. La razón por la que te sigo diciendo que no estoy disponible."

La camarera se aleja y yo camino a la mesa de Elizabeth, con Meagan a mi lado. "Hola, preciosa," digo mientras tomo la mano de Elizabeth.

Ella la toma también y dice "Hola, Romeo."

Meagan resopla y dice "¿Quién es esta?"

Miro a los ojos de Elizabeth mientras trato de hacerla entender lo que estoy por hacer, le guiño un ojo y digo "Ella es Elizabeth, mi esposa."

Un soplido se escucha por detrás de mí y siento una mano en mi brazo "¿Qué dijiste?" responde Meagan.

La sonrisa que cruza los preciosos labios rojos de Elizabeth me tiene el corazón latiendo muy fuerte. Deja de mirarme y sus ojos se posan en Meagan. "Soy su esposa. ¿Y tú eres?"

Meagan luce más pálida de lo usual. "¡No!"

Elizabeth asiente, "Sí."

Se corre y me siento a su lado, toqueteando el collar de diamantes, digo "Se ve precioso en ti. Espero que te guste. No pude resistir comprarlo para ti esta tarde." Beso su mejilla y ella se aclara la garganta.

Okay, ¡No voy a llevar esto muy lejos!

"¿Cómo pudiste no habérme dicho esto, Zane?" Meagan

pregunta mientras se desliza en la cabina frente a nosotros, con sus ojos en Elizabeth.

Mirando a los brillantes ojos de Elizabeth, respondo, "No le hemos contado a nadie todavía. Nos casamos en las Vegas hace un par de noches."

"¿Hace cuánto tiempo que se conocen?" pregunta mirándonos.

Antes de que pudiera decir algo, Elizabeth responde, "Un poco más de un mes. Pero cuando lo sabes, lo sabes. No podíamos esperar y corrimos a Las Vegas en su jet privado y terminamos con el asunto."

"Déjenme ver sus anillos" Meagan dice con palabras llenas de dudas.

Una vez más, Elizabeth me vence con una explicación. "Estamos usando los anillos de mi abuelo. Era lo que yo quería y Zane es un maestro en darme lo que deseo. Los anillos están en la joyería siendo ajustados para nosotros."

"Ya veo," dice Meagan mientras se recuesta contra el asiento. "Sólo que no sé por qué no me contaste de esto antes, Zane."

"No creí que me creerías" digo mientras uno de mis dedos se desliza sobre la perfecta uña pintada del rojo intenso que pedí. Tomo la mano de Elizabeth, la beso una vez más. "Este color luce espléndido en ti. Gracias por pintarlas así para mí."

Siguiéndome el juego, Elizabeth dice "Bueno, cuando mi hombre me pide que mis uñas sean de su tono favorito de rojo, las pido así. Es lo que una buena esposa hace." Su cabeza gira hacia Meagan. "¿No lo crees?"

"¿Qué?" Meagan pregunta con los ojos puestos en ella. "Oh, sí. Seguramente. ¿Entonces, dónde se conocieron?"

"En su pequeño pueblo de Chesapeake, Rhode Island" digo y mi brazo rodea sus hombros y la atrae hacia mí. Encaja perfecto. "Es una conservacionista"

"Trataba de lograr que no derribe el pequeño faro que sólo

es especial para mí. Y este hombre y yo peleamos por un buen rato" Elizabeth le cuenta.

Otro bufido sale de la boca de Meagan y dice, "Estoy sorprendida que igual se casaron después de eso. Este hombre nunca da el brazo a torcer."

Entonces Elizabeth se vuelve a mí, me mira a los ojos y veo algo que me asusta un poco. Sus labios se separan y dice "Pero sí que lo hizo. Me dio el faro y la propiedad sigue intacta, como regalo de bodas."

¡Esta pequeña descarada!

"¡No lo hiciste!" dice Meagan. "Dime que está mintiendo, Zane"

Sacudo mi cabeza en desaprobación y la beso en la mejilla, luego digo "No, ella no es ninguna mentirosa"

¡Es obvio que Elizabeth piensa que acaba de ganar, pero tendrá que hacer más que estos pocos minutos pretendiendo ser mi esposa si piensa que con esto le daré el faro!

Meagan parece atónita por primera vez en su vida y hubiera deseado haber hecho esto hace mucho. Y luego recuerdo que no había mujer que pudiera jugar el papel.

"Entonces, ¿vives en el penthouse con él?" le pregunta a Elizabeth.

"Sí, por supuesto." Acaricia mi rostro con su mano. "Él es el hombre más dulce que he conocido. Vivir con él es como un sueño hecho realidad" gira y sus ojos se posan en Meagan. "¿Y cómo es que tú estás con mi esposo?"

También miro a Meagan, esperando por su respuesta. Y ella prontamente dice, "No sabía que se había casa. Verás, él y yo somos amantes"

Lentamente, Elizabeth se vuelve hacia mí. "¿Es eso cierto?"

"Lo fue, una sola vez. Me he disculpado por mi error hacia ella, por haber tomado una decisión borracho." Digo, y beso la punta de su nariz.

"¡Espera!" Meagan parece estar pensando algo. "Eso fue

sólo hace una semana. Eso significa que fue sólo unos días antes que ustedes se casaran. ¡Ja!"

Mi cuerpo se pone tenso a la hora de pensar qué carajo voy a decir. La mano de Elizabeth se mueve por mi pierna. "Ah, es ella. Lo siento, él nunca me dijo tu nombre. Verás, fui yo quien le dijo que se acueste con alguna mujer por última vez. Quería asegurarme que no tuviera ninguna otra aventura sexual como si fuera un adolescente"

Dejo salir un suspiro de alivio. "Ves por qué estaba bebiendo tanto esa noche Meagan. Y es por eso que me disculpo y te dije que no podría pasar nunca más."

Los ojos azules de Meagan me miran con sospecha "¿Por qué no me contaste sobre ella?"

"Para ser honesto, no aprobaba que aceptara mi propuesta. No me gusta alardear sobre las cosas. Tú lo sabes" Le doy a Elizabeth un beso en su mejilla otra vez, sólo para sentir su suave piel en mis labios.

Y me hace preguntarme cómo se sentirá el resto de su piel en mis labios.

CAPÍTULO 16

ELIZABETH

Con todo el entusiasmo del alcohol comenzando a esfumarse, me doy cuenta de la mirada de la mujer sobre mí. "Entonces, ¿No estás enojada que él si hicimos el amor sólo unos días antes de que se casaran?" pregunta "Sabes que puedes anular el matrimonio, ¿verdad?"

"¿Por qué haría eso?" le pregunto mientras los dedos de Zane se mueven arriba y abajo, acariciando mi hombro. Envía pequeños pulsos de electricidad por todo mi cuerpo y lo encuentro más estimulante que cualquier otro tacto que haya sentido.

Pero sólo me está usando para hacer que esta mujer lo deje en paz. Ella es bonita, no sé por qué quiere deshacerse de ella, pero definitivamente sí quiere, para llegar al extremo de decirle que estamos casados.

"¿Por qué?" pregunta frunciendo el ceño. "Porque él le hizo el amor a otra mujer estando contigo."

Sus labios presionan mi otro hombro y rozan la superficie, haciendo que mi estómago se llene de sensaciones. "No le hice el amor a ella, Elizabeth. Sabes que eso es algo que sólo hago contigo, mi amor."

Lo miro a los ojos, y veo una chispa en ellos al decir las palabras que no son verdad, pero que se sienten tan extrañamente verdaderas al mirarme. Paso mi mano por su gran hombro, tomo su rostro y lo acerco al mío. "¿Estás seguro?"

"¡Sí hicimos el amor!" dice la mujer terminantemente. "¡Lo hicimos!"

Zane me mira a los ojos, como si realmente quisiera que yo supiera la verdad. "Sólo fue sexo, eso es todo. Como te dije cuando volví. Hice lo que me pediste. Tuve sexo con otra mujer, pero mi corazón todavía te pertenece. Mi único amor verdadero."

Mi corazón late fuerte y me pregunto si es así como se sienten los actores en una escena de amor. Se siente real, aunque no lo fuera.

Mirando a la mujer sentada al frente de mí, digo "Le creo. No tiene razón para mentirme."

"Tiene toda la razón para mentirte. Él no quiere que anules el matrimonio. Déjame decirte algo, conozco a este hombre por un par de años."

La interrumpo. "Y aún así sólo has tenido sexo con él una vez. Eso debería decirte algo, ¿no crees? ¿Qué es lo que haces?"

"Soy jueza" dice y se endereza. "Y él y yo hemos tenido una larga relación. No sé cómo nunca te mencionó. Lo encuentro extraño, ¿no lo crees?"

Miro a Zane y lo encuentro mirándome mientras juega con mi cabello. "Tu cabello luce precioso. Hicieron un excelente trabajo. Nuestras reservaciones para la cena son pronto. Deberíamos subir al penthouse para que pueda cambiarme, nena"

Un temblor corre por todo mi cuerpo y no tengo idea si quiere que vaya con él o no. Pero sólo asiento y digo, "Por supuesto". Miro a la mujer que dice que es jueza pero que no tiene acciones para probarlo, asiento con la cabeza y me deslizo por el asiento mientras Zane toma mi mano y me atrae hacia él.

"¿Eso es todo?" pregunta mientras se levanta y nos sigue.

Zane pone su mano en mi espalda baja, justo donde lo había hecho cuando estábamos en su oficina y mis rodillas se debilitan. El alcohol, los tacos, y sentir su tacto hacen que me incline un poco hacia él. Lo veo sonriendo, y sus brazos me envuelven. Luego, mira por su hombro a la mujer siguiendo su rastro. "Sí, eso es todo. ¿Puedes entenderlo ahora?"

Su voz chillona me detiene al decir, "¡No! No entiendo nada Zane White. ¡Llegaré al fondo de todo esto! Algo no está bien aquí, y averiguaré todo. Sólo espera."

Su amenaza me enfurece por alguna razón y me vuelvo, encontrándome cara a cara con ella. "Escúcheme, señora, éste es mi esposo ahora. No importa qué mierda tuvieron entre ustedes, pero se acabó. ¡Se acabó! ¿Entendido?"

Se ve un poco asustada, pero aparentemente no lo suficiente ya que entrecierra sus ojos. "Diviértete mientras puedas, cazadora de fortunas. Haré que él vea la luz. No eres nada y le probaré que sólo lo quieres por su dinero."

Saco mi mano para darle una maldita cachetada, pero me encuentro con Zane, que la sostiene. "Es una jueza, amor. No puedes golpearla"

¡Ah, claro!

"Gracias, amor," digo y me compongo. No tengo idea de por qué me siento tan posesiva con este hombre, pero lo soy por alguna extraña razón.

No podría ser actriz. ¡Me tomo el rol muy en serio!

"No lo hubiera hecho, de todos modos," dice la flaca estupida.

"Si tratas de molestar a mi hombre de nuevo, verás." Digo y me vuelvo a Zane.

El pasa su brazo alrededor de mí y subimos al elevador

mientras la mujer sale por la puerta principal. Nos mira una última vez y no puedo hacer más estar de acuerdo con ella. Zane me mira y toma mi mano temblorosa y la sostiene. Sus labios tocan el costado de mi cabeza "Tranquila, chica."

Mi sangre está hirviendo y estoy segura que debe ser el alcohol. ¡No suelo actuar así!

Caminamos a un elevador donde él usa una llave para abrirlo y entrar. Cuando las puertas se cierran, me mira y hace algo como un gruñido animal. "Puedes enojarte conmigo por esto más tarde"

Lo miro confundida y encuentro su cuerpo sujetando el mío contra la pared, y su boca toma la mía en el beso más apasionado que he tenido. Mis brazos se ubican alrededor de él con la reacción más instintiva que he tenido jamás.

Mis piernas lo rodean mientras me levanta y me presiona contra él. Nuestras lenguas se unen como viejas amigas y mi cuerpo toma calor al sentir cuán bien se siente el suyo presionándome.

Quito mi boca de la suya y suelto las piernas de su cintura, lo miro a los ojos, que están oscuros de lo que creo que es deseo. "Creo que toda esa actuación nos llevó a esto, ¿eh?"

"¿Quién está actuando?" dice, y vuelve a poner su boca en la mía, llevándome a ese lugar donde su beso me había llevado, cercano al cielo, creo.

Incluso cuando las puertas del elevador se abren, seguimos en él. Me tiene arriba en sus brazos, con sus manos en mi trasero, levantándome para que cruce mis piernas alrededor de él y me besa hasta llegar a la puerta.

Me deja en el piso, termina el beso e inclina su frente contra la mía. "No quiero que mi criada piense mal de ti. Sé que no eres una zorra. No quiero que nadie te vea como una."

Sus dedos se mueven por mis labios y luego sus manos se mueven acariciándome la espalda, alisando el vestido corto. "¿Qué mierda está pasando acá?" pregunto.

"No estoy seguro. Pero estoy a punto decir una gran

mentira a mi criada. No es una buena mentirosa, así que tendremos que decirle que estamos casados o nunca podrá decírselo a Meagan." dice "¿Estás bien con eso?"

Sus manos se mueven por mis hombros mientras me mira con preocupación en sus ojos. "¿Qué es esto Zane?"

"Esto es una gran mentira. Te compensaré por esto. No te preocupes."

¡Gracioso. Esto me enoja, no me preocupa!

CAPÍTULO 17

Zane

"¿COMPENSARME?" ELIZABETH DICE CON UNA VOZ BAJA, CON un tono de enojo en ella.

"Pareces molesta," digo antes de abrir la puerta de mi penthouse. No puedo entrar y dar las noticias si ella no quiere hacerlo.

"No quiero tu dinero, Zane. No sé exactamente en qué te has metido con esa mujer pero esto no es algo que pueda seguir y seguir. No te das cuenta, ¿no?" Sus ojos están destellando ira y es increíble cómo me gusta esa mirada.

"Veremos cómo sigue en el camino. No te preocupes. Y dijiste que sólo eres una camarera. No tienes nada por lo cual debas volver a casa, ¿verdad? ¿Un gato, quizá?" le pregunto buscando su mirada.

"No vine aquí a quedarme" dice con sus brazos cruzados sobre su pecho y veo como todo el ambiente cambia.

"Mira, puliremos los detalles más tarde. Tenemos reservaciones y necesito cambiarme, así que sólo sígueme el juego y le diré a mi criada las noticias." Tomo su mano, abro la puerta y la traigo conmigo.

"¡Wow!" ella murmura. "Esto es si quiera más bonito que la suite en la que estoy. ¿Qué se siente vivir así?"

"Es vida" digo mientras la llevo conmigo, haciéndome camino al dormitorio. "¿Lois?"

"Aquí estoy, Señor White" dice y sale de la cocina. Se detiene al ver a Elizabeth. "Oh, hola, señorita."

"Señora" la corrijo.

Mira a nuestras manos entrelazadas y dejo la mano de Elizabeth para pasar mi brazo por sus hombros. Los ojos de Lois se ensanchan mientras lo hago y ella dice, "¿Señora qué?"

"Señora White" digo y veo como su expresión pasa de sorpresa a confundida. Completamente confundida. "Ella y yo nos casamos en las Vegas un par de días atrás. Durante tus días libres. Ha venido de su pueblo. Esta es mi esposa, Elizabeth."

"Es un placer conocerte, Lois" Elizabeth dice y le extiende la mano.

Lois la toma y mira una y otra vez, luego su cara se relaja y sonríe. "¡Está bromeando! Es el día del inocente" sacude su cabeza. "No, no es Abril, estamos en Julio. ¿Qué está haciendo, hombre tonto?"

"Es real, Lois. Seguí tu consejo y me casé. Ella y yo nos conocimos cuando fui a mirar la propiedad de Ciudad Chesapeake, Rhode Island hace un mes. No le dije a nadie, pero hemos estado hablando todo este tiempo y nos estuvimos viendo en secreto. Le pedí que se case conmigo y aceptó, un par de días atrás."

Ella parece estupefacta y se recuesta en la silla ubicada a sus espaldas. "Lo siento, siento que no te conozco."

Elizabeth me frunce el ceño, "Deberías ir a cambiarte ¿no crees?"

La llevo conmigo al dormitorio y veo que Elizabeth mira de reojo a Lois por encima de su hombro. "Sé que se ve exhausta" digo.

"No, no exhausta." Dice al mirarme. "Se ve triste. No es nada lindo lo que le hiciste"

Entramos al dormitorio y cierro la puerta. Aprovecho que la puerta está cerrada y ella está cerca, y me aproximo para apoyarme contra ella y tomar uno de los rizos de su pelo, alrededor de mi dedo. "No te preocupes por ella. Entonces, dónde estábamos."

Presiono mis labios contra los de ella, siento ese extraño sentimiento por todo mi cuerpo. Es como un calor eléctrico que nunca había sentido antes y no sé si voy a poder dejar de besarla.

Sus manos se mueven hacia arriba de mi espalda, y sostiene mis hombros, atrayéndome más cerca. Uno de sus pies sube hacia mi espalda y suelto un gemido.

Nunca gimo. No sé qué me dio.

La manera en la que ella me devuelve los besos me hace pensar que ella también lo siente. La echo atrás para encontrarla con sus ojos cerrados y su respiración agitada. "Dime que también lo sientes, Elizabeth"

Sus ojos se abren y brillan al preguntar, "¿Qué es lo que sientes?"

"Un calor líquido que se mueve por mí como un rayo," digo vagamente intentando explicar cómo me hace sentir.

Asiente. "Sí, es más o menos lo mismo. ¿Qué pasa?"

"Lo más atraído que me he sentido por alguien en mi vida" digo y tomo su dulce boca una vez más.

Su dedo en mis labios me detiene. "Deberías cambiarte y vamos a comer. Tomé tres tragos y creo que estoy muy borracha y no me doy cuenta."

La suelto y me corro a un lado. Su pensamiento de que solamente está atraída a mí porque está borracha me molesta. "No estás borracha, Elizabeth. ¡Mierda!"

"Bueno, no puedo explicarlo de otra manera. Esto va muy rápido. ¿No lo ves? Digo, toda esta cosa va muy rápido. Ni siquiera soy el tipo de mujer con la que deberías estar. No soy nadie y tú apestas de rico, por Dios. Soy la única que va a salir herida de aquí. Tienes que aclarar esto, Zane."

"¿Yo?" pregunto, sacándome la camiseta. Y veo sus ojos en mi cuerpo.

Su boca se abre y se moja los labios, moviendo sus manos hacia arriba en su cuerpo. No puede dejar de mirarme y me encanta. "Haces ejercicio, ¿eh?"

"Sí, ¿no recuerdas que lo hablamos hoy más temprano?" le pregunto riendo. "¿Te gustaría sentirlos?" flexiono mis pectorales y abdominales y la miro apoyarse de nuevo en la puerta.

"No debería," dice y sus ojos se mueven hacia los míos. "No soy ese tipo de mujer. De todos modos, no ahora. Vístete, eres una gran distracción."

En vez de ponerme una camisa, voy hacia ella. Se queda parada, fascinada por mi torso, y si esta parte de mí la impresiona, la siguiente sección llevará su deseo por el cielo.

Tomo una de sus manos, la hago recorrer mis pectorales. Su suave palma se desliza por mi piel, dejando un rastro de calor en su camino. "No tienes idea de cuánto quiero saltarme la cena y traerte directamente a la cama, Elizabeth."

Muevo su mano más abajo, a mis abdominales y ella gime. "Te sientes increíble." Con su labio inferior entre sus dientes, me deja que lleve su mano hasta abajo, donde está mi erección, esperando su mano.

Ahora soy yo el que gime y ella mira hacia mí, con ese labio todavía entre sus dientes, y no puedo contenerme. Inclinándome, tomo su labio inferior con mis dientes y gentilmente lo estiro. Su lengua sale disparada a mi labio superior.

Nuestras bocas juegan mientras la levanto y la llevo a la cama. No tengo idea cómo podré soportar toda una cena hasta que sienta su cuerpo contra el mío.

Acostándola en la cama, miro mientras se acomoda en mis almohadas. Le confieso "Nunca traje a ninguna mujer aquí."

"No te creo" dice y sus ojos se abren. "No tienes que mentirme," Se sienta y mira profundamente mis ojos. "¡Dios mío! ¿Eres puras mentiras, no?"

"¿Qué?" pregunto y siento como si me hubieran golpeado en el estómago. "No soy un mentiroso. Esta es la primer mentira que he dicho y lo hice por mi sanidad mental. He tenido poco tiempo para las mujeres en mi vida. Entonces, cuando tengo sexo con una, usualmente lo hacíamos en sus casas, para yo poder irme y no tener que lidiar con ellas."

"¡Wow!" dice mientras se mueve para bajarse de la cama. "¡Eres un imbécil!"

"Me has llamado hijo de puta e imbécil, todo en un solo día. La gente no me habla así. ¡Jamás!" le digo mientras se baja de la cama.

"Vamos a cenar. Vístete. Tengo cosas que pensar y necesito mi buen juicio. Le haces algo a mi cerebro que necesito saber cómo parar."

¿Por qué necesita parar? Esto realmente me gusta, sea lo que sea.

Bueno, me gusta en las partes en las que ella no me insulta.

SU VENGANZA

Por Kimberly Johanson

CAPÍTULO 18

ELIZABETH

"Vamos a cenar. Vístete. Tengo cosas que pensar y necesito mi buen juicio. Le haces algo a mi cerebro que necesito saber cómo parar." Le digo mientras camino hacia el baño que está dentro del cuarto para arreglar mi cabello y maquillaje, seguro que todo su juego lo ha desacomodado.

Miro mi reflejo en el espejo del baño y veo que usaron productos bastante fuertes en mi cabello y mi rostro, dado que ninguno llegó a arruinarse. Luego, el enorme cuerpo de Zane se mueve a mis espaldas, llevando solamente su ropa interior. "Necesito una ducha rápida. ¿Te importaría darme una mano, nena?"

Lo miro a través del espejo, formo un arma con mis dedos y le disparo, sacando la lengua. "No me vas a tener así, Zane White. No soy ese tipo de mujer. Necesito de sentimientos verdaderos antes de ir tan lejos con un hombre. Lo siento. Parece que has elegido la esposa falsa equivocada, querido."

Sus dedos se mueven por dentro del elástico de la cintura de su ropa interior azul oscuro y yo me doy vuelta para dejar el baño antes de ver más de lo que estoy preparada. Pasó a su lado, suelta una risa mientras cubro mis ojos y me alejo de él y de lo que estoy segura que es un enorme miembro de su cuerpo.

"Tú te lo pierdes" dice mientras paso hacia el dormitorio, tomo el control remoto y enciendo la televisión para darle un respiro a mi cerebro de los pensamientos sobre este hombre hermoso.

Zane White es un hombre espectacularmente apuesto. Es alto, bien parecido al punto que creo que es más atractivo que yo. Sus músculos tienen músculos y todo él rebosa sexualidad. Todo dicho, no conozco ni un poco a este hombre todavía y él está loco si piensa que su dulce beso, que me da escalofríos y calor simultáneamente por todo mi cuerpo, va a hacer que me acueste en su cama con los brazos y piernas abiertas, jadeando porque me haga suya.

¡No soy tan superficial!

Lo que sí me pasa, es que tengo hambre. No he comido nada en todo el día, excepto dos galletas que la amable camarera me sirvió hace un rato en el bar. El alcohol se evaporó con esos besos calientes que Zane me dio.

Mis labios todavía arden y mi corazón late excitado pero soy una mujer con una fuerte fibra moral. Puedo contener el regalo que puedo dar. Y no se lo voy a dar a algún hombre que puede o no ser un enorme mentiroso que sólo me dejara herida como nadie.

Zane es demasiado atractivo, con mucha clase, demasiado rico y estoy segura que es demasiado buen amante para no herirme cuando se canse de mi o de este acto o de lo que sea que pase. Siento algo con él que nunca antes sentí con nadie, pero eso solo no es suficiente para que me vuelva loca con él.

El sonido de la puerta del baño abriéndose me hace girar para verlo sin si quiera pensarlo. Respiro profundo mientras lo veo con una toalla blanca en su cintura al momento que seca su cabello con otra. El aroma que emana y se siente es puramente de hombre. Un olor dulce y fuerte abruma el aire y me hace sonreír.

"¿Estás segura que no tomarás mi oferta y te saltarás la cena para jugar en las sábanas conmigo?" pregunta con una mueca.

"Estoy segura. Y apresúrate. Voy a morir de hambre aquí" Me vuelvo al televisor y deseo que mi corazón pueda latir en un ritmo normal en vez de por todos lados como aparenta hacerlo en este momento. El hombre fue construido como una máquina sexual. ¡Dios mío, cómo será hacerlo con él!

Me ventilo, veo que capté su atención y sonríe de nuevo. "Sabes que si me dejaras, ese calor de frustración sexual que sientes se iría."

Le sigo dando la espalda ya que sé que el hombre se está vistiendo ahí, en ese mismo cuarto y quiere que eche un vistazo de lo que seguro es un pene extraordinario, deseando que me vuelva loca y salte hacia él. Pero no lo voy a hacer, así que miro la televisión.

"Zane, estoy segura de que las mujeres aceptan todo el tiempo, y no las estoy juzgando a ellas o a sus maneras promiscuas, pero no soy ese tipo. Protejo mi corazón y todas las cosas que vienen con ello. Espero poder contar con que actuarás como un caballero esta noche y dejarás de acosarme sexualmente."

Un zapato negro se mueve hacia mí y yo muevo mis ojos hacia su pierna, lentamente, para no verlo vestirse. "¿Acoso?" pregunta "¿Es eso lo que sentiste cuando te bese, acoso?" La sonrisa en su rostro me deja saber que no cree ni un poco que yo encuentro eso como acoso.

Soy una idiota, ya que no sé qué decir a eso. ¿Disfrute esos besos ardientes? Claro que sí. ¿Quién no amaría un beso húmedo, profundo, ardiente y sensual?

Mis ojos van hacia arriba y ven que está completamente vestido y se va hacia el baño. "Deberías encontrar una palabra diferente para describir lo que sientes cuando te beso,

Elizabeth. Acoso está bastante lejos de la palabra para describirlo"

¿Por qué me siento como una pequeña rata con la que él juega?

"Estás muy lleno de ti mismo." Digo, mientras bajo del borde de la cama, al cual parece me habría sentado cuando comencé a ver televisión, aunque por mi vida no puedo recordar ni una imagen que haya visto en ella.

La única imagen que puedo recordar es su rostro mirándome y sonriendo tan sexy que me hace pensar cosas malas. Cosas muy malas.

Con su cabello peinado perfectamente, sale del baño y me ofrece su brazo mientras camina hacia mí. "Vamos a conseguirte algo de comer, esposa. Un buen esposo siempre se asegura de que su mujer esté bien alimentada."

"No soy tu mascota ni tu esposa. Así que cuando no estemos con tu criada o esa otra mujer, puedes dejar de fingir." Tomo su brazo y me hace sentir una especie de odio y también una seguridad de sentirme cuidada.

¡Mierda, huele bien, se ve bien, y es sexy como nadie!

CAPÍTULO 19

Zane

Elizabeth no está exactamente saltantandopor tenerme como la mayoria de las otras mujeres. ¡Odio eso!

El maitre' d' nos lleva a nuestra mesa. Llegamos, diez minutos tarde para la reservación. Ver los ojos de Elizabeth de un lado a otro sobre The Rose Club, uno de los mejores restaurantes del Plaza Hotel, me da una sensación de placer que corre por mí, al ver que parece impresionada.

"Este lugar es asombroso," me dice en voz baja como si fuera un gran secreto.

"Es lindo. Hay mejores. Quizá alguna noche, si te portas bien, te llevaré a algún otro" rio mientras muevo mi mano de su espalda baja a descansar en su cadera. Amo lo curva que es y desearía que dejara ya eso de chica dificil que está haciendo.

Su cabeza se gira para mirar hacia mi mano y resopla. "Creo que eres tu quien se tiene que portar bien, Zane"

"Soy bueno" susurro en su oído y le doy un leve soplido. "Deberías dejarme mostrártelo"

Su cuerpo se tensa por un segundo y se aleja de mí, dado

que hemos llegado a nuestra mesa, y camina rápidamente a su silla. "Qué cómoda" dice mientras mueve su trasero en el asiento acolchonado. "Todo aquí es tan cómodo. ¡Me encanta!" Entrelaza sus dedos y le sonríe al hombre que nos escoltó.

Él es un hombre serio que asiente con la cabeza en respuesta. "Su camarero estará con ustedes en un momento. Nosotros aquí, en The Rose Club, esperamos que disfruten de su noche. The Avalon Jazz Band serán los encargados de brindarles entretenimiento."

Miro la boca de Elizabeth abierta para decir algo al hombre, pero este se va antes de que lo haga. Pongo mi mano en su muslo, me acerco y susurro, "No le gusta mucho hablar con los invitados. Las personas aquí tienen pequeños roles en los establecimientos finos de comida de Nueva York. Si quieres hablar con alguien, puedes hacerlo conmigo. Muero por escucharlo todo sobre ti."

"¿Mueres?" pregunta con las cejas levantadas. Me da risa como la sorpresa se estira por su rostro.

"Claro que sí." Veo que es ese tipo de mujer que necesita intimidad emocional antes de sexual. Ahora debo ver si puedo escuchar lo suficiente sobre ella y contar lo suficiente sobre mí para tenerla en mi cama esta noche.

Puedo ver que las cosas van bien entre nosotros esta noche. Una y otra vez. Estoy seguro de que, una vez que sus creencias puritanas se hagan a un lado, ella va a ser un muy buen rato. Si puedo conseguir que me deje mostrarle uno.

El camarero aparece con una lista de vino y creo que podré llenarla de alcohol para soltarla un poco de su control excesivo con su cuerpo. Me entrega la lista sin ninguna palabra y le señalo el que quiero.

Elizabeth espera y mira como el camarero se aleja. "¡Espere!" grita.

Las personas de las mesas alrededor miran, y ella lo nota, por lo que se sonroja "¿Sí, madam?"

"Necesito un poco de agua. No quiero nada de alcohol" me mira. "Lo que tomé hace un rato finalmente dejó de hacer efecto y quiero mantener mi mente limpia"

"Un poco de vino no será problema" miro al camarero "Traigale una copa de agua y una de vino"

Él asiente y se va. Ella resopla "No lo tomaré"

"No tienes que hacerlo," digo mientras paso mi mano por el respaldo de su silla. "Pero estará ahí en caso de que cambies de opinión."

"Entonces me dices que quieres saber más de mí. ¿Es eso cierto?" dice rápidamente y se inclina en la mesa apoyando su codo para descansar su mentón en la palma de su mano.

"Así es." Digo y copio su pose. Nuestros rostros están mucho más cerca ahora y puedo sentir su dulce aliento. "¿Cómo es tu familia?"

"Bueno, soy hija única. Mis padres, Ted y Nancy, están de vacaciones extendidas en Mexico, donde creo que empezarán a vivir cada invierno. ¿Dónde naciste?"

"Aquí ¿y tú?"

Sonrie y dice "Canadá"

"¿Eres ciudadana norteamericana?" pregunto mientras el camarero sirve nuestras bebidas.

"Lo soy. Fue un accidente. Nací cuando mis padres andaban por Canadá. Ellos pasaron por el proceso de asegurarse de que fuera americana." Mira al camarero que pacientemente espera para que ella deje de hablar. "¿Qué hay para comer aquí? Muero de hambre."

"Todo es muy bueno, madam. Le aseguro que lo que sea que ordene será de mayor calidad que cualquier otro que haya probado." Le dice.

Mueve la cabeza hacia ambos lados y me mira. "Pide por mí, amor"

"Me encantaría." digo y amo que me llame así. "Dos cenas de langosta, por favor."

Asintiendo con la cabeza, el camarero pregunta "¿Servicio de caviar para empezar?"

Miro a Elizabeth, que tiene la nariz torcida. "No, sólo las langostas por favor."

Vuelve a asentir, nos deja solos y me vuelvo a acomodar en mi silla para mirarla. "¿Y el resto de tu familia?" pregunto. "Sé que tu abuelo falleció, pero ¿todos los demás?"

"Soy hija única pero vengo de una familia enorme. Mi madre tiene cuatro hermanos. Dos tíos, dos tías. Con todos ellos casados y todos con más de un hijo, las juntas de familia son enormes. La mayoría son al aire libre, porque somos tantos."

"¿Todos viven en Ciudad Chesapeake?"

Ella sonríe y se reclina en su silla. "La mayoría de ellos, pero unos pocos se han perdido por algunos lugares de los Estados Unidos. Me gusta donde crecí. No puedo imaginarme viviendo en otro lugar."

"Ya veo" Miro alrededor a las personas cerca de nosotros y todos son, aparentemente, de Nueva York. Si bien la arreglé, Elizabeth igual se destaca. Su rostro es fresco, su piel está bronceada, su actitud es normal. Placenteramente normal.

"¿Y qué hay contigo, Zane?" pregunta tomando un poco de agua. "¿Siempre has vivido aquí?"

"Sí. Para ser honesto, nunca pensé en vivir en otro lugar. He viajado mucho pero debo confesar que siempre fue por negocios. No he visto ningún lugar con otros ojos más que con los de hombre de negocios."

Frunce el ceño y toma mi mano. "Zane, eso es muy triste."

"Soy un hombre muy ocupado." Muevo mi mano por debajo de la de ella, para poner la mía encima de la de ella. "Puede que esté un poco muy ocupado. ¿Qué dirías en ir conmigo a una fiesta de cumpleaños de un niño, a la cual de otro modo, no iba a asistir este fin de semana?"

"¿Por qué no ibas a asistir?"

"He querido comprar esta compañía de juguetes de este

hombre mayor, quien es el dueño y no tiene herederos, hace tiempo. No me la vendería porque no estoy casado y no tengo hijos. Piensa que eso es una parte fundamental para la industria de juguetes. Le hará una fiesta a este pequeño en su estancia en Los Hamptons. Cada mes, él festeja el cumpleaños de un niño que viene de familias pobres."

"Qué obra más linda." Dice y se le dibuja una sonrisa soñadora. "Hay personas que pueden ser tan amables."

"Sí que las hay. Entonces, vendrás conmigo. Mostrarme con mi esposa y hablar de formar una familia pronto debería hacerlo pensar más sobre mí y aceptar mi oferta para comprar su compañía"

"No sé si me gusta eso" dice sacudiendo la cabeza. "No, sé que no me gusta eso. Quitar una mujer agresiva de tus espaldas es una cosa. Mentir por tus ganancias financieras, es otra. No. No, no iré contigo."

¡Tanta moral que tiene esta chica!

CAPÍTULO 20

ELIZABETH

"Definitivamente tienes tus opiniones sobre lo correcto y lo incorrecto, ¿no?" Zane me pregunta mientras toma su copa de un vino rojo profundo, llevándolo a sus gruesos labios.

Me está tomando todo lo que tengo para mantener mi mente en regla con este hombre. Y esta idea de engañar a otra persona más con que estamos casados me tiene preocupada. "Zane, me has dicho que no eras un mentiroso, pero esta sería la tercer persona a la que le quieres decir esta mentira particular. Tienes que darte cuenta que eso me pone alerta. Además me gustaría saber una cosa más sobre ti. ¿Cuánto crees que puedes salir ganando con esta mentira de estar casados?"

Sus ojos dan vueltas hasta que mira hacia arriba en vez de verme a mí. "Realmente no soy un mentiroso. No sé qué me hizo decir esa mentira excepto la desesperación de librarme de esa mujer de una vez por todas." Me mira y veo la confusión en su expresión. "Eres tú, Elizabeth. Has disparado cosas en mí que nunca habían sido disparadas en mí."

"Eso no es bueno. Podemos ser muy malos uno para el otro, Zane." Me encuentro deseando un poco de vino ahora con esta revelación que podría ir a ninguna parte. No que haya tenido intenciones de tener una aventura con este hombre, pero con el falso matrimonio y la atracción obvia que tenemos, parecía que podíamos tener algo aquí.

El peso de su mano en la mía cuando tomo la botella de vino me hace mirarlo y darme cuenta que su expresión se ha suavizado. "Mi madre murió cuando era un bebe. Papá me crio solo. Su madre lo ayudó, pero falleció cuando tenía cinco años. Quizás tengo algún tipo de bloqueo mental donde las mujeres están involucradas. Las mantengo en un lugar separado en mi vida y siempre lo hice. Por primera vez en la vida, todo dentro de mí quiere a una mujer. A ti. ¿Qué crees que es eso?"

"¿Tu madre murió cuando eras un bebé?" le pregunto mientras tomo su rostro en mis manos. "Oh, Zane" Beso su mejilla, y me encuentro sintiendo tanta simpatía por este hombre.

Parece que es un hombre duro con mucha ambición y nada que lo detenga, pero él está roto, tal cual como el resto de nosotros. Toma mis manos. "No sientas pena por mí. Hay otros que lo tuvieron peor. Lo mío salió bien."

"Sí." Dije y noté como sus manos todavía sostenían las mías entre nosotros. "¿Cuántos años tienes?"

"Treinta y cinco" me dice "¿Tu?"

"Soy diez años más joven que eso. Y no soy del mundo, para nada. No soy una chica que ha tenido varias parejas. Sí tuve algunos novios y todas esas pequeñas relaciones se apagaron solas. ¿Y tú?"

Ubica sus manos entrelazadas con las mías en su regazo y las mira, acariciando con su pulgar el mío. "Hace 10 años estaba con una mujer por solo un año. Le importaba. Me importaba. Era de una familia rica, pero no era una consentida como la mayoría de las mujeres ricas. Era amable. Y le di poco de mi tiempo. Mi poco cuidado causó que rompamos. Nunca lo volví a intentar."

"Quizá podrías llamarla" digo y las palabras hacen que me dé una puntada en el corazón, ya que realmente no quiero que lo haga, pero mi corazón dice que es lo correcto para él.

"Ella está casada y tiene tres hijos. Está feliz. Yo no la amaba. Si lo hubiera hecho, le hubiera dedicado tiempo. Puedo ver eso ahora." Sus ojos se mueven hacia los míos y veo un destello en ellos. "Quiero que te quedes por aquí y estoy dispuesto a llegar a un arreglo."

"¿Quieres que me quede por aquí?" pregunto "¿Cómo? No tengo dinero para vivir en Nueva York"

"Vivirías conmigo. Seguirías actuando como si estuviéramos casados y me ayudarías a aprender cómo vivir con una mujer y cómo hacerme tiempo para ella."

"No quiero entrenarte, Zane," digo mientras sacudo mis manos en el aire con esta estúpida idea. "No. No es lo que quiero. No soy una caza fortunas y no uso a los hombres."

"Es por eso que eres perfecta para esto. Y me hablas de la manera que nadie lo hace. Me haces ver las estupideces que hago y necesito eso." Toma mis manos y las sostiene en el aire, besa los nudillos de cada una. "Y quiero que te quedes por aquí. No tengo explicación para eso, sólo hazlo. Piénsalo, por favor."

Una idea salta a mi mente y digo "¿Me darías legalmente el faro?"

"Te digo una cosa," dice con una sonrisa y parpadea. "Vienes conmigo a la fiesta de cumpleaños y tendré el contrato anulado, dándote la propiedad y el faro. Además, lo renovaré para ti."

"¡Ahora sí estamos hablando!" Asiento y quito mis manos para tomar el vino. "Ahora sí necesito beber. Mi cabeza gira y necesito algo para que vaya hacia otro lado. No sé todavía a qué he accedido"

"Has accedido a vivir conmigo, a pretender ser mi esposa y a enseñarme cómo hacer que una relación funcione."

Después de un lindo, largo trago de dulce vino, pongo la larga copa en la mesa. "Wow, ¿Es eso un poco mucho, no? Especialmente que no tengo idea de cómo hacer que una relación funcione."

Su hombro encuentra el mío y su boca toca mi oído. "Quizá podemos ayudarnos a aprender cosas nuevas."

¡Estoy segura que él me podrá enseñar bastante!

Después los arreglos para dormir me caen en mente. "No voy a tener sexo contigo."

"¿Jamás?" me pregunta con los ojos abiertos.

"Veremos. Pero el sexo no forma parte de este trato, ¿Okay? No soy una puta." Tomo otro trago y lo miro a través del cristal de la copa.

"Nunca te tomaría por eso. Quiero respetarte, Elizabeth. Tengo un dormitorio extra. Pero tendremos que actuar como si durmieras en mi cuarto, así que tus cosas estarán ahí. La criada va a su casa cada noche, así que nunca sabrá dónde duermes pero eso significa que tendrás que hacer tu propia cama y mantener el cuarto como si nadie durmiera allí."

"Wow" digo mientras pienso. "¿Quieres que haga lo mismo que hago siempre con mi cuarto?" Me rio y el me devuelve una sonrisa.

"O podrías dormir conmigo. Eso me gustaría más." Dice con un guiño.

Creo que eso también me gustaría a mí, pero eso es moverse muy rápido y ya estamos haciendo las cosas en un orden extraño.

Sostiene su copa en alto y toca la mía. El trato está hecho. Ahora veremos cómo funciona.

CAPÍTULO 21

ZANE

¡No sé qué me hizo pedirle eso!

Hay algo diferente de ella. ¡Hay algo tan diferente de mí!

Sigo mirándola mientras comemos nuestra cena de langostas. Ansias se sienten en el aire y no tengo idea por qué. Elizabeth es una mujer hermosa en apariencia y parece tener una belleza interior también.

Sé que no conozco a esta mujer todavía. No realmente. Pero hay una transparencia en ella que me tiene pensando que de alguna manera ya lo hago.

En milisegundos he ido de querer meterla en mi cama y así poder tener una buena probada de ella y sacarla de mi sistema a pedirle que se mude conmigo y me enseñe a tener una relación.

Estoy tocando a oído aquí y no estoy seguro de cómo esto va a terminar. La quiero en mi cama, voy a seguir intentando conseguirla.

No es una mujer que los hombres hayan herido, así que no es una chica lastimada, débil, con la que tengo que ir tranquilo por miedo a que la lastime. No es una completa inocente con la que tengo que tener cuidado. Es una mujer que es capaz de proteger sus sentimientos y su cuerpo. ¡En mi opinión, es un juego justo!

"Esa servilleta de langosta luce sexy en ti" le susurro mientras me inclino y limpio manteca de su barbilla.

Se ríe y asiente. "La tuya es bastante sexy también. Lucimos como una pareja muy sofisticada de niños"

La luz del candelabro toca los diamantes de su aro y lo toco, pasando mi pulgar sobre él. "Estos se ven preciosos en tus pequeñas orejas."

"Mis orejas son pequeñas. Probablemente no los vuelva a usar. Casi nunca uso aros así las atención no es dirigida a mis pequeñas orejas." Dice corriendo mi mano.

"Espero que los uses de nuevo. Esos son diamantes reales, sabes."

Su boca cae abierta y sacude su cabeza. "¡No! Zane, ¿Por qué comprarías diamantes reales a una mujer que no conoces?" Su mano va hacia su cuello y al collar que le regalé. "¿Estas también son reales?"

Asiento. "No gasto dinero en cosas falsas. Y no tengo idea de por qué los compré para ti. Nunca siquiera le he enviado flores a una mujer ni mucho menos comprado diamantes. Eres la primera. Se me cruzó por la cabeza y tuve que hacerlo. Debo admitir que fue la primera cosa que se me cruzó por la cabeza."

"Bueno, no me los quedaré." Dice como si fuera algo seguro. "Te los puedes llevar a donde los compraste y pedir que te devuelvan el dinero. Estos son miles de dólares en joyería. No me gusta ser responsable por una suma tan extravagante de dinero."

"Los puedo poner en una caja de seguridad del hotel si haría que te sientas mejor sobre la seguridad. No los voy a devolver. Son tuyos, para conservarlos. Espero que los conserves por siempre como un recuerdo de nuestra primera cita." Me inclino, la beso en la mejilla. "Y no voy a tomar un no por respuesta al respecto"

Sacude su cabeza y resopla. "Son hermosos. Me encantan. Quizá me sentiré mejor si están en la caja del hotel. Pero cuando vuelva a casa, no sé qué hare con ellos."

"Los bancos también los guardan. Puedes transferirlos a tu cuenta bancaria cuando vayas a casa." Pensar en ella yendo a casa le da una puntada a mi corazón como la que tuve hoy cuando ella dejó mi oficina.

No estoy segura si quiero que ella vaya a casa en algún momento y eso es extraño. ¿Cómo puede una persona que sólo hace unas horas no sabía que existía a importarme tanto?

Termina con su último bocado de langosta y me mira, "¿Qué tal un poco de un Cheesecake real de Nueva York como postre?"

Me rio y asiento. "Okay, no eres como las otras mujeres que he conocido. Tu apetito es una cosa que nunca pensé que vería en una mujer, pero me gusta. ¡Qué sea cheesecakes!"

"Sólo vives una vez, Zane. Deberías experimentar todo lo que puedas. Como un amanecer en el faro, por ejemplo."

"¿Es eso una invitación a pasar la noche en tu nuevo faro, Elizabeth?" le digo, guiñándole un ojo.

"Claro que lo es. Tengo un par de bolsas de dormir de cuando mi abuelo y yo dormíamos allí. Puedes usar la suya" dice y me guiña también el ojo.

El camarero vuelve y pido el Cheesecake para llevar. "¿Para llevar?" ella me pregunta.

"Sí, para llevar. Quiero alimentarte mientras nos sentamos en mi sillón en el penthouse. Creo que deberías ser alimentada con Cheesecake de Nueva York por alguien que vive en Nueva York. Así puedes experimentarlo, sabes."

Se ríe y el sonido es delicioso. Suave, liviano, perfecto. "Eso suena como algo bueno"

"Bien" Me quito la servilleta de la cena, la pongo en la mesa y le pido a ella que se gire para que se la pueda quitar.

Felizmente, hace lo que le pido y desato su servilleta y me levanto para quitarla, así no ensuciar su vestido. La tomo por los hombros, la giro hacia mí y la encuentro sonriéndome.

"Gracias"

Tomo su mano, la ayudo a pararse. "Tiempo de ir arriba, amor"

"Necesito pasar por la suite que me preparaste. Necesito buscar mis cosas." Dice tomando mi brazo. "Quizá puedo pasar la noche en ese cuarto. Me parece que sería lo mejor."

"No, no lo sería. Te vas a quedar en mi penthouse de ahora en adelante."

Asiente y dice, "Realmente tenemos que poner un límite de tiempo, Zane. No quiero que las cosas se pongan raras entre nosotros."

"Lo pensaré. ¿Hay algo que te presione para volver a buscar Ciudad Chesapeake? ¿Alguna razón por la que debas regresar pronto?"

"Tengo que volver el próximo fin de semana para trabajar por la chica que tomo mi turno mañana. Se va a casar en Las Vegas con su novio. Le prometí que la cubriría."

"¿Sabes que pretendo que renuncies a ese trabajo, no?" le pregunto tomando el cheesecake que fue puesto en una caja para nosotros y le asiento con la cabeza al camarero al dejar el restaurante.

"No sé qué me pasa" dice sacudiendo la cabeza. "No puedo aparecer y renunciar. No sé cómo puedo hacer lo que me estás pidiendo."

¿Qué mierda?

CAPÍTULO 22

ELIZABETH

No sé qué estaba pensando. La presencia de este hombre deja a mi cerebro como puré de papas.

"Estás actuando como si tu trabajo de camarera fuera gran cosa, que no puedes aparecerte y renunciar. Eso es una locura, Elizabeth. Por supuesto que puedes. Pueden seguir sin ti. Yo, por otro lado, necesito que te quedes conmigo."

Subimos al elevador, me giro a Zane y sé que es su atractivo el que me hace tomar decisiones estúpidas. Pero el faro es una gran parte de ello también. Supongo que podría contemplar lo que me está pidiendo, como un trabajo para pagar el faro.

"Dijiste que ibas a renovar el faro, ¿no?" le pregunto, mirándolo de cerca.

"La propiedad entera" dice asintiendo "Puede que lo veas a esto como tu trabajo. Jugar un rol. Como una actriz."

"Podría hacer esto." Pero la realidad es que no lo soy y mis sentimientos son muy reales. Distinguir entre falso y real no es una cosa para la que haya sido entrenada. "Quizá algunas lecciones de teatro pueden ir incluidas en nuestro trato."

Mueve su cuerpo cerca del mío hasta que mi espalda está contra la pared, y susurra "Creo que estás actuando como si tú y yo ya tuviéramos algo real. No hay necesidad de lecciones"

Mi corazón late fuerte, algo que él nota mientras apoya su mano en él y me mira a los ojos. "Es hacer este tipo de cosas. Necesito aprender cómo los actores lo hacen mientras mantienen la realidad. La realidad es que esto no es real. No te amo y no me amas, y tengo que encontrar la manera de proteger mi corazón."

Su mano se mueve de mi corazón a la parte trasera de mi cuello. "Prometo no herirte" Sus labios tocan los míos y siento que me derrumbo.

Amo y odio cómo estos besos me ponen. Soy maleable ante este hombro con sólo un beso. ¡Un dulce beso pecador!

El elevador se detiene. Su boca abandona la mía. Estoy respirando como una mujer que recién ha corrido una maratón, mientras él toma mi mano y me lleva a la puerta. "Ven, Elizabeth. Tu postre te espera."

Flotando, me mantengo a su lado. Luego me doy cuenta que estamos en su piso y no en el que estaban mis cosas. "Olvidaste pasar por mi cuarto."

"Haré que traigan tus cosas al penthouse." Se para en la puerta, separa una llave y me la entrega. "Esta es tuya ahora."

La tomo, y ciento que algo ha cambiado. Todo se siente más real. No tan soñado como se sentía.

Voy a vivir por tiempo indeterminado con este hombre hermoso, mientras pretendo ser su esposa, en este magnífico palacio. Uso la llave para abrir la puerta y cuando entramos, me desliza entre sus brazos y cierra la puerta detrás de nosotros mientras deja la caja con el postre en la pequeña mesa cerca de la puerta.

Su boca en la mía, llevándome de nuevo, antes de que me dé cuenta y mis brazos se aferran alrededor de su cuello. Me acuesta en el sofá de cuero, y se acuesta a mi lado, nunca dejando que nuestras bocas se separen.

No debería dejar que esto pase. Sé que no debería. Pero la forma en la que me hace sentir no me deja decir no. Mi cuerpo está ardiendo. Hay un dolor tan profundo dentro de mí, que puedo sentirlo en lugares que nunca había sentido nada.

Mi cuerpo hace lo que quiere, dejando a mi mente fuera del juego. Me arqueo hacia él, dejando que sus manos se deslicen arriba de mis muslos y sobre mi ropa interior. Mi vestido se corre por el movimiento y puedo sentir la suave tela del sofá en mi espalda.

Me encantaría saber cómo se sentiría en mi cuerpo desnudo.

Me pregunto cómo se sentiría él en mi cuerpo desnudo.

Arañando sus ropas, las quiero sacar y él separa nuestras bocas para que pueda quitarse la chaqueta y cuando sus dedos se mueven para desabotonar su camisa, lo detengo con los míos.

"Sabes que no deberíamos estar haciendo esto" digo, sosteniendo sus manos.

"Pero esto podría hacerlo todo más real. Conocimiento íntimo de cada uno. Un poco esencial para un matrimonio. ¿No lo crees?"

Su lógica me enferma. Y mi cuerpo grita que me calle y lo deje hacer lo que él quiera. Lo miro mientras sus ojos me examinan. Quiero rendirme y hacerlo con él. Pero no puedo dejar mi moral de lado.

"No digo que nunca, Zane. Sólo que no te conozco todavía. Lo siento."

Él se queja y se aleja. "Necesito un trago."

Tirada en el sofá, trato de componerme. Miro al techo, que también está decorado en este lujoso penthouse, quiero llorar. Mi cuerpo no está contento con mi mente ahora.

Me levanto y voy a buscar un baño, ahora que Zane

desapareció. No puedo culparlo por sus acciones. Es un hombre, después de todo.

Me encanta besarlo tanto como a él parece encantarle, pero tenemos que calmarnos. Esta velocidad nos va a hacer estrellarnos. ¡Alguien tiene que ser la voz de la razón aquí!

La necesidad de quitarme todo este glamour me abruma al entrar al baño. Me encuentro a mí misma quitándome el vestido y las joyas, metiéndome a la ducha. Lavo el maquillaje y el cabello. Lavo el calor que me trajeron. Lavo los pensamientos de dejarme llevar por el impulso sexual.

Al salir, fresca y sintiéndome mucho más yo, me seco y me pongo la bata que cuelga de la parte de atrás de la puerta. Paso mis dedos por mi cabello en un intento de peinarlo, miro mi reflejo en el espejo y me veo a mí, otra vez.

Respiro profundo, salgo a la sala y encuentro a Zane, sentado en el sofá con un vaso de un licor oscuro en su mano. Sus ojos puestos en la televisión que no tiene sonido.

Cuando entro, se da vuelta y me ve. Sus ojos se mueven de arriba abajo por mi cuerpo, vuelve a quejarse y se para a buscar la caja de cheesecake. Gira, vuelve y la ubica en el sofá a su lado, para luego tomar un trago y acariciar el sofá, indicándome que me siente junto a él.

"Creo que es una mala idea" le digo mientras miro alrededor. "¿Dónde está ese otro dormitorio?"

Señala el final del pasillo, sin mirarme. Justo cuando me vuelvo para irme, lo escucho, "Te quiero, Elizabeth. Quiero todo de ti. No soy un hombre que haga estas cosas. No les compro a las mujeres regalos. No quiero siquiera que se me acerquen. Pero te quiero a ti. Nunca he querido nada de esta manera en mi vida. Tú, caminando fuera de este cuarto es como una tortura para mí y ni siquiera entiendo por qué."

Es como una tortura para mí también. Me pregunto por qué será.

CAPÍTULO 23

Zane

No puedo mirarla. ¡Me está volviendo loco!

Uno pensaría que con esa ducha, quitándose el maquillaje y dejando su cabello hecho un desastre haría que mi deseo disminuyera. Pero hizo exactamente lo contrario.

Mi pene estaba duro para ella. Y cuando la vi así, se puso cinco veces más duro. ¡Ni siquiera sabía que eso era posible!

"No puedo tener sexo sin sentimientos, Zane"

"Entonces vete a la cama" le digo mientras llevo el vaso de "jugo para olvidarlo todo" a mis labios.

Nunca he sido el tipo de hombre que bebe tanto como lo he hecho hoy. Soy bastante disciplinado para mantenerme saludable. Con dos padres y varios abuelos que han muerto jóvenes, he sido consciente de la salud desde que puedo recordarlo.

El sonido de ella dejando el cuarto me llena de decepción. Una parte de mí creyó que ella igualmente vendría conmigo. No sé por qué pensé eso. Siempre fue muy frontal conmigo sobre su moral.

Supongo que en algún lugar dentro de mí creí que nuestra atracción la llevaría donde yo quería. ¡Es una mujer bastante difícil!

No hay duda que en mi mente ella me desea tanto como yo la deseo a ella, pero su control es muy serio, y no me di cuenta que eso es algo que a mí me falta. Gracioso todo lo que esta mujer me está enseñando sobre mí.

Dejando mi vaso casi vacío en la mesa de lado, decido que mis palabras sonaron mal y me levanto, tomando el cheesecake y dirigiéndome al cuarto de invitados. No tengo idea si ella me dejará entrar, pero trataré.

Toco la puerta, escucho su respuesta tranquila, "Pasa, Zane."

Con una tímida sonrisa, entro al dormitorio que sólo he entrado un par de veces y la encuentro en la cama, con el edredón cubriéndole y me doy cuenta, por la bata en la silla, que está completamente desnuda, ya que olvidé hacer que traigan sus cosas.

"Llamaré ahora para que traigan tus cosas, Elizabeth. Eso no estuvo bien de mi parte." Tomo el teléfono en la mesa al lado de la cama, hago la llamada que hará que traigan sus cosas.

"Gracias," me dice. Sus ojos están en la caja en mi mano. "Trajiste el postre."

Señalo a la cama y pregunto, "¿Podría sentarme y ayudar a comerte esto? Prometo comportarme."

Su sonrisa me deja saber que me dejará compartir el cheesecake con ella y me siento en la cama, justo en frente. Abro la caja y siento el aroma, luego la acerco a su nariz. "Huele delicioso," me dice.

El camarero nos dio un pequeño tenedor, entonces tomo un porción pequeña y la pongo en sus labios. Toma el bocado y sus ojos se abren mientras mastica.

"Está genial, ¿no?" pregunto.

Asiente y busca el tenedor. Se lo entrego, toma la porción

más cremosa y la sostiene para que le dé una mordida. Lo hago y la miro mientras come.

No tiene idea de lo que me está haciendo. ¡No tiene idea!

Pero mi comportamiento agresivo es muy hipócrita. Tengo que controlarme. Estoy siendo igual que Meagan Saunders, no es gracioso.

No estoy listo para escupir las palabras "quiero casarme contigo de verdad Elizabeth" en este momento, pero casi todo el resto lo he estado haciendo. Así que debo ejercitar el control sobre mí mismo o seguramente ella terminará odiandome.

"Lo siento" digo y doy otra mordida. "He sido un idiota."

Su risa es leve y dice "Sólo un poco"

Me da otra mordida y tomo su mano antes de que pueda quitarla. "No, una grande" tomo el bocado mientras su sonrisa desaparece. Pregunto, "¿Realmente quieres hacer esto Elizabeth? Me doy cuenta que enserio quieres el faro. Lo quieres tanto que venderías tu alma por esa cosa"

"Bueno, no estoy vendiendo mi alma o nada por el estilo." Su ceja se frunce al mirarme a los ojos. "El caso es que siento algo por ti. No estoy segura por qué pero está ahí y es fuerte. No quiero irme a casa y actuar como si nada hubiera pasado. Algo ha pasado. No sé qué es, de todos modos."

"Si te dijera que puedes tener el faro sin tener que pretender ser mi esposa, ¿Qué me dirías?"

"¿Por qué harías eso?" pregunta. "¿Me dejarías tenerlo y me dejarías en paz?"

"Si eso es lo que quizieras, entonces quizás lo haga. Pero no quiero dejarte en paz. Aunque si eso es lo que quieres, lo haré."

Mi corazón chilla que no le dé la oportunidad de alejarse de mí. Mi mente, por otro lado, sabe que es lo correcto. Su sonrisa no me da indicaciones de lo que me responderá.

Sacude la cabeza. "No, no quiero que sólo me lo des. Hice un trato contigo y pareces tener una razón viable para que esa mujer te deje en paz. Haré mi parte del trato."

"Bien. Y yo haré que mi prioridad sea ser un caballero

contigo. Pero sólo para que lo sepas, puedes darme luz verde cuando quieras y te mostraré cuán bien te puedo hacer sentir."

Sus mejillas se sonrojan y mira hacia abajo. "Sé que me puedes hacer sentir más de lo que nunca he sentido. Ya puedo verlo." Luego me mira y veo más profundidad en sus ojos verdes. Más de la que he visto en cualquier par de ojos que haya mirado antes. "Pero estar enamorada de ti sería algo que creo que lo haría mucho mejor."

"Nunca estuve enamorado" le digo, "No voy a mentirte sobre eso. No estoy seguro de cómo amar." Le guiño un ojo. "Pero estoy seguro que sé cómo hacerte gritar de placer, eso es seguro."

Su risa llena mis oídos y envía alegría a mi corazón. "¡Seguro que puedes!" suavemente golpea mi brazo. "Conozcamonos, Zane. Veremos a dónde nos lleva esto. ¿Okay?"

Asiento y el timbre me dice que sus cosas han llegado. "Déjame ir a buscar tus cosas. Ya regreso." Dejo el cheesecake con ella, miro por mi hombro. "Y digo guárdame una mordida más, por favor."

Asiente y salgo del cuarto, sintiéndome más tranquilo. Sigo frustrado, pero no tanto como antes. Sería genial tenerla, pero puedo esperar.

¡Sólo espero que no me haga esperar hasta que encuentre el amor, porque eso podría ser nunca!

CAPÍTULO 24

ELIZABETH

Los niños corren y gritan con todos sus pulmones mientras los escucho correr cerca de nosotros, disparándose entre sí con armas llenas de agua. Eugene Brasco de la Compañía de Juguetes Brasco se ríe con deleite mientras ve a los niños jugar. "¡Ve a buscarlos Johnny!" grita al cumpleañero que le hizo la fiesta.

Zane y yo hemos estado conviviendo por dos días ahora y mi decisión de unirme a su fiesta de cumpleaños no fue sin mis incentivos. Quiero ver cómo es este hombre con los niños. Mi curiosidad femenina va más allá y no estoy segura si eso me gusta.

Es más que un poco duro con los niños con los que ha interactuado, que han sido como tres. ¡Es muy serio!

"Entonces, Eugene, estuve mirando a las ventas del pasado año y pude notar que están bien, pero podrían haber sido mejores. Has ignorado introducirte en el mercado de juegos virtuales interactivos que a los niños les encanta comprar" dice

Zane mientras trata de hablarle al hombre por la enésima vez sobre su compañía.

"¿Juegos de video?" Eugene le pregunta mientras tira su mano al aire como rechazando la noción. "¡Bah! ¡Los detesto! Mira a tu alrededor Zane. Dime lo que ves."

"Un montón de niños actuando como maniacos." Dice encogiéndose de hombros.

Me rio y trato de salvar las cosas para el pobre hombre "Zane, míralos. Están teniendo el mejor tiempo de sus vidas. Algo que no tendrían si tuvieran un aparato en la mano en vez de sus armas de agua. Mira, mi amor." Salgo de la silla, voy a su lado y tomo su mano. Una mano tiene una banda dorada en ella. Él nos consiguió un legítimo juego de anillos para hacerlo oficial.

Eugene asiente y dice, "Ahora ella sí sabe cuál es mi visión. Una buena elección de esposa, White. Muy buena decisión."

Zane me mira con una sonrisa y besa mi mejilla. "Sí, lo fue. Te amo, amor."

"Yo también te amo. Ahora, mira esos niños" Lo tomo de la barbilla y giro su rostro hacia los niños divirtiéndose. "Mira a través de la locura que parece que está pasando ahí afuera y encuentra la cara de un niño, mírala de cerca y dime qué ves"

Mira alrededor por un minuto y dice. "Aw, ese pequeño niño está sonriendo como si hubiera ganado la lotería o algo. Es algo lindo."

"Esas sonrisas son las que hacen que mi vida valga la pena." Dice Eugene. "Estuve casado con el amor de mi vida. Mi único amor. Ella quería tener hijos. Pero eso no estaba en las cartas para nosotros. Ella y yo comenzamos esta compañía con nuestras ideas combinadas. Cuando ella estaba en su lecho de muerte me hizo prometer que esta compañía, algo que consideramos como si fuera una hija, vaya a parar a las manos correctas. Manos que supieran cómo hacer a los niños felices."

Los ojos de Zane me miran, como pidiéndome ayuda. Es gracioso cuán fácil puedo leerlo. "Zane nunca ha tenido muchos niños a su alrededor. Pero creo que con un poco más de tiempo con estos pequeños ángeles, él podría aprender qué los hace felices. Sé que no lo está considerando ahora, Sr. Brasco, pero debería. Él se preocupa mucho, aunque no acostumbra a demostrarlo."

Miro a Zane a los ojos y lo encuentro mirándome con una gratitud tácita mientras Eugene dice "Es hermoso lo que ustedes tienen. Lo consideraré si usted es parte de esto, Señorita White."

Los ojos de Zane se abren y sonríe, luego mira a Eugene. "¿Lo haría? ¡Ella definitivamente será parte de esto! No puedo pensar en nadie mejor que sea socio en este tipo de compañía. Ella tiene un título en historia, seguramente puede usar algo de sus conocimientos para encontrarle una vuelta a juguetes viejos"

Su entusiasmo está atrapando a Eugene, que se sienta y de repente me mira. "¿Un título en historia? ¿Por qué no lo mencionaste? Oh, esa era mi asignatura favorita en la escuela. Amaba leer sobre distintas guerras en ese momento. ¿Tienes interés en desarrollar juguetes, querida?"

La idea de desarrollar juguetes nunca había cruzado mi mente, pero mi supuesto esposo quiere tanto esta compañía, así que asiento. "Adoraba jugar con ellos cuando era niña. No pasaba mucho tiempo en frente de la televisión al crecer. Mi abuelo me había dado un set que usaba para recolectar insectos y aprender sobre ellos. Era mi favorito."

"Oh, sé de lo que hablas" Eugene me dice riendo y sus ojos brillan. ¡Este hombre simplemente ama los juguetes!

"¿Jugabas con insectos?" Zane me pregunta con el ceño fruncido.

"¿Jugaba? No" digo tomando su mano, tirando para atraerlo hacia mí. "Los estudiaba y los dejaba ir. Vamos, quiero mostrarte lo que se siente dejar ese niño interno ser libre"

Mientras lo arrastro conmigo, parece negarse a la idea. "No quiero mojarme."

"No quiero escucharte diciendo algo así. ¿A quién no le gusta una pelea con armas de agua?" Tomo dos armas de la mesa de picnic, le doy una y le apunto directamente al rostro.

"No en el…" tiene que callarse, porque claro, le disparo en el rostro. "Voy a darte. ¡Esto es guerra!"

Grito y me giro para correr y me doy cuenta que mi espalda está mojada y fría por el agua de su arma. Cuando los niños encuentran un par de adultos jugando, vienen con nosotros. Unos pocos gritan, "¡Nosotros contra ellos!"

"¡Oh no!" grito y dejo de correr para ver a Zane. "Parece que tendremos que ser un equipo o nos van a derribar, compañero"

Asiente y nos volteamos hacia los diez o tantos niños que vienen hacia nosotros con sus armas disparando. "A mi señal, Elizabeth. Tres, dos, uno. ¡Fuego!" Nos dejamos ir y le damos a todos los niños de la primera fila, cayendo tres hacia atrás con gritos de risa.

"¡Serpentina!" grito cuando nos chocamos con ellos. Zane y yo nos separamos y corremos en zigzag, para evitar los disparos mientras les disparamos a ellos corriendo hacia atrás.

Un timbre suena fuerte y Eugene usa un megáfono para anunciar "La torta está servida al lado de la piscina."

Y así, la guerra termina y los niños corren hacia la torta, dejando que Zane y yo recuperemos nuestro aliento. Parados, sosteniendo nuestras armas, respirando como perros rabiosos, lo encuentro más atractivo que nunca.

"Eso fue divertido," dice y me mira, "Gracias"

Su sonrisa está torcida. Una parte de su cabello ha sido corrida al azar. Su camisa blanca, abotonada, con las mangas enrolladas tres cuartos está mojada y pegada a sus montañosos pectorales. Y mi boca se hace agua con él.

Entonces, hago lo que cualquier mujer haría cuando se siente tan caliente y molesta por un hombre tan hermoso. Le disparo en su rostro con mi arma de agua y corro gritando mientras me intenta atrapar.

CAPÍTULO 25

Zane

"Tienes torta ahí" le digo a Elizabeth y usa su lengua para lamer su boca para limpiarse la torta imaginaria de la cual le dije.

"No la quitaste" digo, paso mi dedo por el chocolate en mi torta. "Aquí, déjame" paso el chocolate con la punta de mi dedo por su labio inferior, luego me inclino y lo quito con mi lengua.

Ella se ríe mientras termino de lamerlo con un beso. "¡Niño tonto!"

Pongo mis brazos alrededor de ella, y la sostengo cerca. "Tú me haces sentir como uno." La beso una vez más y escucho el sonido de alguien aclarándose la garganta.

Habíamos estado solos en la cocina comiendo un poco de torta de cumpleaños que nos habíamos perdido mientras nos disparábamos con las armas de agua afuera, al momento que la servían. Así que el sonido de alguien más en el lugar me hace soltarla.

Meagan Saunders está parada allí con un presente bajo su

brazo. Sus ojos van hacia mi mano izquierda y dice, "Veo que llegaron los anillos."

"¿Qué haces aquí?" le pregunto y tomo la mano de Elizabeth.

"Siempre estoy en la lista de este tipo de eventos que Eugene organiza. No eres la única persona rica invitada. Pero esta es la primera vez que te veo a ti en una. Siempre traigo un presente."

"Estábamos por volver afuera," digo arrastrando a Elizabeth conmigo y caminando, pasando a Maegan, quien nos mira.

"Pareces algo que el gato trajo aquí, Zane. ¿De qué se trata?" Meagan pregunta mientras nos sigue, para mi disgusto.

"Nada que tenga que ver contigo," dice Elizabeth. "Sólo para que lo sepas, Meagan, no me gustas nada."

Apretando su mano, tengo que contener la risa. "No es el lugar, amor."

"No, no lo es." Dice Meagan. "Supongo que no hay reglas sociales en Ciudad Chesapeake, Rhode Island. En Nueva York, tenemos reglas para diferenciarnos de los animales. Necesitas enseñarle Zane. O nunca encajará."

"¿Encajar en dónde?" Eugene dice mientras nos acercamos.

Meagan se lleva toda la atención y le da un exagerado saludo. "Eugene, querido, ¿Cómo has estado?" le da un beso en el aire cercano a su mejilla y se vuelve. De alguna manera, se las arregló para pasar del otro lado y pararse muy cerca de mí.

Me corro, y hago que Elizabeth también lo haga, y ella también lo hace mientras Eugene mira nuestro extraño comportamiento. "He estado bien, jueza. No puedo recordar la última vez que la vi en uno de estos eventos. Siempre es un regalo, pero nunca te había visto por aquí antes."

Los ojos de Meagan me miran y se acerca a susurrarle.

"Estoy aquí por una razón específica. ¿Puedo robar un minuto de tu tiempo para hablar en privado?"

"Claro" dice Eugene, se levanta y ambos se van. Ella me mira con los ojos entreabiertos.

"Estoy un poco preocupado," Le digo a Elizabeth. "Ella sabe que quiero esta compañía."

"No sé qué podría decir para detener que él piense en ti." Me dice.

"Yo tampoco."

Los miro entrar en la casa. Me dan escalofríos. No veo nada bueno venir de esto.

"Creo que debemos irnos" me dice Elizabeth. "Cuando él salga, diremos adiós y saldremos de aquí. Odio estar cuando está ella. Tiene una vibra de mierda."

"Sí." Paso mi mano por ella y la beso al costado de su cabeza. "Haremos eso"

No puedo dejar de mirar la puerta por donde Eugene y Meagan entraron y cuando él sale, solo, me siento aliviado de ver que ella ya no está con él. Pero su ceño fruncido me tiene preocupado.

Cuando él me señala y me dice que me acerque, sé que no es bueno. Llevo a Elizabeth conmigo, camino hacia él y lo sigo a la casa. Justo cuando cruzamos la puerta, él se vuelve y veo que su rostro está rojo. "¿Es esto un matrimonio real, o algo que estás haciendo para obtener mi compañía?"

"¿Qué?" digo en voz alta.

Elizabeth toma las riendas. "¿Esa mujer le dijo algo?"

"Ella me dijo que ustedes dos están tendiendo alguna trampa. Me dijo que Zane y ella tuvieron una relación días antes de su supuesto casamiento en Las Vegas. Ella está preocupada de que tú hayas hecho todo esto solamente para poner tus manos en mi compañía. Dijo que tú has hablado con ella en repetidas ocasiones sobre quererla. Ella también me dijo que tienes planeado en venderla una vez que yo haya muerto. ¿Es eso cierto?"

"No" digo y peleo contra la urgencia de salir a buscar a esa puta y agarrarla de sus aparentes bolas para matarla. "Ella está celosa y es vengativa. Ese es su problema. Y nunca tuvimos una relación."

"¿Entonces ustedes no tuvieron relaciones sexuales días antes de que te hayas casado con esta mujer?" pregunta.

"Lo hicieron, pero yo puedo ser culpada por eso" dice Elizabeth. "Tenía miedo que él no hubiera tenido suficientes aventuras y le dije que sacara eso de su sistema. Él no quiso y tuvo que disculparse por usarla de esa manera."

"¡No me gusta este estilo de vida que tienes, White! Ustedes dos parecían una pareja normal. Pero una vez que ella me dijo todo eso, no puedo verlos así. No habrá trato. No contigo. No quiero ser más tu amigo, White. Puedes irte de mi casa ahora."

Me siento como si el viento me hubiera noqueado. "Eugene, esto no es como ella lo dijo."

Elizabeth tira de mi mano. "Ven conmigo, amor. El tiempo le demostrará la verdad. Fue lindo conocerlo, Señor Brasco. Espero de verdad que cambie su opinión sobre nosotros y no deje que esa mujer lo arruine todo. No es una buena persona, señor. Espero que pueda ver eso más pronto que tarde."

Dejo que Elizabeth me lleve hacia fuera, no puedo parar la rabia que corre por mí. "Quiero matar a esa mujer." Digo entre dientes.

Al llegar al auto y meternos dentro, Elizabeth me mira con ojos tristes. "Mentir es peligroso, Zane. Quizá debas repensar todo esto. Quizá debas sincerarte."

Su cabello está húmedo y enredado a su frente. Su camisa sigue mojada y cuelga de su hombro. Está hecha un desastre, pero un hermoso desastre, y el pensamiento de sincerarme y terminar con esto no es algo que quiera hacer.

"Dame un año, Elizabeth." Tomo su mano, la levanto y dejo un beso en ella. "Si me dejaras ahora, no sé qué haría. Con el tiempo, creo que se detendrá. Después si quieres terminar con esto, o yo quiero, podemos hacerlo. Podemos decir que nos divorciamos. Pero te necesito. Necesito que me ayudes ahora, más que nunca. Si ella vendrá por mi así, no sé cómo más tratará de castigarme."

"¿Por qué no le haces frente a ella, Zane?" ella me pregunta con el ceño fruncido. "Sólo hazle frente. Dile que no te gusta. Dile que mentiste con nuestro matrimonio porque no sabías cómo hacerle saber que no quieres nada con ella. Dile la verdad."

Puedo hacer eso. Sé que puedo. Pero después no habría nada que retuviera a Elizabeth aquí conmigo. Y no quiero que se vaya. Y no entiendo por qué me siento así. Pero me siento así.

Fin de Su Castillo.

©**Copyright 2021 por**
Kimberly Johanson
Todos los derechos Reservados
De ninguna manera es legal reproducir, duplicar ni transmitir ninguna parte de este documento en cualquier medio electrónico o en formato impreso. Queda prohibida la grabación de esta publicación y no está permitido ningún tipo de almacenamiento de información de este documento, salvo con autorización por escrito del editor. Todos los derechos son reservados. Los respectivos autores son dueños de todos los derechos de autor que no sean propiedad del editor.

 Creado con Vellum

www.ingramcontent.com/pod-product-compliance
Lightning Source LLC
LaVergne TN
LVHW011723060526
838200LV00051B/3002